世间没有天生的英雄
只有挺身而出的普通人

余
音
YUYIN

人间记忆

22篇
口述实录
与日记

凤凰网·在人间 / 出品

马俊岩 周娜 / 主编

当代世界出版社
THE CONTEMPORARY WORLD PRESS

图书在版编目（CIP）数据

人间记忆/马俊岩,周娜主编.--北京：当代世界出版社,2022.1
ISBN 978-7-5090-1650-3

Ⅰ.①人… Ⅱ.①马…②周… Ⅲ.①纪实文学—中国—当代 Ⅳ.①I25

中国版本图书馆CIP数据核字(2021)第256250号

书　　名：	人间记忆
出 品 人：	丁　云
监　　制：	吕　辉
责任编辑：	高　冉
出版发行：	当代世界出版社
地　　址：	北京市地安门东大街70-9号
邮　　编：	100009
编务电话：	(010) 83907528
发行电话：	(010) 83908410（传真）
	13601274970
	18611107149
	13521909533
经　　销：	新华书店
印　　刷：	北京汇瑞嘉合文化发展有限公司
开　　本：	710毫米×1000毫米　1/16
印　　张：	16.25
字　　数：	195千字
版　　次：	2022年1月第1版
印　　次：	2022年1月第1次
书　　号：	ISBN 978-7-5090-1650-3
定　　价：	88.00元

如发现印装质量问题，请与承印厂联系调换。
版权所有，翻印必究；未经许可，不得转载！

推荐序一

人间记忆，以人性驱散异化阴霾

"用冷静的叙述抵抗冰冷"，是凤凰网"在人间"一直坚持的媒体理念。冷静和冰冷有何区别？冷静是不盲从、不激进，是敬畏真实的力量；冰冷是漠然、漠视，是异化真实的人性。

第二次工业革命以来，两百多年的时间，科技飞速进步，人类文明高速发展，但也难免被一些异化的阴霾所威胁。警惕阴霾、直视阴霾、驱散阴霾，是人类永恒戏剧中的最伟大之处。

在当今算法驱动的内容迎合下、茧房效应的持续强化下，一些异化阴霾更显露出不惜一切代价追求效率的工具理性逻辑——即使虚假信息危及全球治理，即使观点撕裂破坏公共讨论，它依然在强化自身、持续蔓延。如果这一逻辑大行其道，就会带来马克斯·韦伯曾经警告过的情景——虽然效率不断提高，但最终会把人类带入冰冷的铁笼，人类没有任何反抗的可能。

驱散阴霾，需要人类的价值理性之光，那就是——不再一味追求高速增长，而是以维护人类的基本价值为己任，来矫正越位的工具理性。

我们一直认为，越是在这样的时代，我们越要坚守媒体责任。"在人间"在这方面是凤凰网的代表。疫情期间，它直面当下，冷静记录抗疫中守望相助的人间故事。

新冠疫情暴发后，我们收到的是每天不断上涨的数据。全球的新冠死亡病例从1万、10万到2020年年末的170万，这些冰冷的数字令人逐渐沉默。"在人间"更关注的是冰冷数字背后的个体，记录的是一个个受困于疫情家庭的悲欢离合；以真情的个体故事坚守人文关怀，给冰冷的算法注入人的温度。

另外，从某种程度上说，疫情的冲击带来了社会价值和共识的撕裂，有些国外政客在社交媒体上相互攻击，有些人事不关己高高挂起，幸灾乐祸。这些撕裂现象的出现，令人遗憾和揪心。本书所收录文章《不谈国与国，我们帮助的是一个一个的人》，讲述了一位在美华人给当地医生送口罩时，旁人质问她"为什么要帮助美国"，她说"疫情下不谈国与国，我们帮助的是一个一个的人"。该文章传递了积极的价值。在国外疫情大暴发、不少留学生想回国时，网络上出现了"千里投毒"的争议，"在人间"将视野转向海外，冷静记录海外华人和留学生的困境，用一个个真实的故事消弭这道鸿沟。

诚然，实现人与人之间的相互理解非常艰难。"在人间"所做的这类尝试，是媒体理所当然应发挥的作用，义不容辞。

我们认为，越是在算法驱动的内容迎合时代，媒体越要坚持引领的责任；越是面对观点和立场的撕裂，媒体越要发挥构建和凝聚共识的作用；越是在一味追求用户访问量和时长的时代，媒体越要对用户有所敬畏和克制。

特殊时代下，希望"在人间"关于疫情故事的作品集能够感染更多读者，能够让普通人彼此照亮，以人性驱散异化阴霾。

凤凰卫视COO、凤凰网CEO
刘爽

推荐序二

全球化时代下的疫中生活史

全球新冠感染人数还在不断增加，但这似乎已成了人们习以为常的生活背景。只有国内突然出现的散发病例还在顽强地提醒我们——全球化的时代也是蝴蝶效应的时代，远方的疫情随时可能进入你的生活。

疫情地图上每天变化的绝不只是数字，而是一个个鲜活的生命。在人间工作室自疫情之初，有关个体视角的书写便从未间断——他们是医护人员、病人家属、心理咨询师、建筑工人、学生、餐馆老板、农村干部……他们身处武汉、身处中国、身处全世界。这些书写正是全球化时代下普通人的疫中生活史。

坚持个体视角是"在人间"的一贯风格。工作室成立于2011年，起初专注于通过纪实影像讲故事，近年来影像与文字并重。十年来，我们坚持"用冷静的叙述抵抗冰冷"，记录随大时代沉浮的个体人物命运。

一、本书是一部饱含温情而又充满敬意的生活史

抗疫中当然有伤痛有苦涩，个人的命运未必都通向最好的结局。作者们的笔触无意矫饰，而是以写实的态度展现苦难中的高贵人性。

《重症病房里80岁老人的爱情》里面有这样一段话——"爷爷跟医护人员说：'奶奶年轻的时候很能干，比我会聊天，比我识大体，家中里里外外都是她料理，为家里做了不少贡献。她现在病了，我不能不管她，做人要讲良心。'"

《基层干部抗疫实录》一文里，村民们不敢接近已经痊愈的祖某，她在孤独和自责中受到折磨，但小学同学的一声呼喊"我想你了"一下子令她破涕为笑。

这样的瞬间常常令我们眼眶湿润、欣慰不已。

二、本书是一部令全球人共情且相互理解的生活史

和一些国外政客的尔虞我诈不同，国外的大多数民众都是和我们一样具有共同情感的人。无论是出自日本政治家长

屋王的"山川异域,风月同天",还是出自古罗马哲学家塞涅卡的"我们是同一片海里的浪花,同一棵树上的叶子,同一座花园里的花朵",都在疫情中有了具体的含义。人类的情感在这样的全球性事件中达到了共鸣共振。

比如《大年初一,妈妈在隔离病房去世》一文在全球社交网络上被广泛传播,数千万人浏览、转发。有网友写道:"我能理解你的感受,我和你经历了差不多的失去妈妈的故事。希望能给予你们力量,撑过这段艰难时期""很抱歉你失去了亲人,希望你能维持这个家继续走下去""心碎,泪流,我为你的坚强敬礼。保持健康。保佑中国武汉"。

《不谈国与国,我们帮助的是一个一个的人》一文记录了这样一段故事。有位同胞收集了不少口罩,美国疫情暴发时,他主动询问波士顿的医生朋友需不需要口罩。朋友们一开始不好意思索要,后来觉得情况紧急才接受帮助。后来这位同胞还发起"华人直接捐口罩"志愿活动,有的受赠者还专程来跟他们合影,希望把照片上传到社交媒体上,表达对中国人的感谢。

环球同此凉热。

三、本书是一部有力量、有思考的生活史

"在人间"记录了不少青年人的故事。他们体现出的公民责任和全球视野令人钦佩,他们在疫中的反思也值得我们

重视。

1990年出生的视频播主主动当起了志愿者，向医院运送防护服、酒精等。他的朋友也从国外买来口罩，从仙桃买来酒精，又去超市买来苹果和牛奶，亲自开车把几十万元的捐赠物资送去医院。

更引人注目的是海外青年的表现。他们能够协调海外物资与国内物资的快速流通。

被困在意大利的留学生加入了"帮帮湖北义务翻译群"志愿小组，志愿者们在全球范围内寻求抗疫物资，快速翻译医疗器械资料，及时帮助捐赠人。这个组织里，专职的志愿者有两百多人。而据我所知，疫情期间类似的留学生组织比比皆是。

一位作者写道："正当我烦躁时，隔壁的法国邻居吹起了笛子。听着他的笛声，我走到钢琴边坐下，配合他弹奏了起来。隔离第一天，我们隔着墙玩起了音乐。"在困难时期，她给邻居送去口罩，对方做了个爱心手势以作回复。无形之中，国界距离消失了。

书里还提到，疫情期间有个别中国人在海外遭受歧视，更多的中国人便挺身而出，维护大家的权利。他们更开放，也更懂得如何沟通，从而实现不同群体之间的和解。

2020年年初，意大利一家咖啡馆贴出告示，称不允许所有来自中国的人进入。当地华人餐馆的老板向媒体说道："我们是中国人，不是病毒！"并且在她的社交账号上有理有据地进行解释，迅速获得了近千个赞，网友留言"我们与华人社区同在"。之后，罗马市市长亲自到店参观，予以支持，一家医院的20位医生也都纷纷背书。无谓的恐惧很快被消除，餐馆也恢复了正常。

有作者反思："在全球化的今天，每个人都是世界公民。这场全人类的战'疫'，正如气候危机一样，需要每一个世界公民承担责任，也需要改变彼此的相处方式。疫情初期，有人责怪武汉，有人责怪中国。再后来，有人指责欧美。接着，我指责你，你指责我。这些人从恐慌传播者变成了歧视传播者，又变成了愤怒传播者。也许时间会帮助我们相互理解，学会给予支持和关心，而不是一味地怀疑和批判。"

又有作者写道："这次疫情和在社交网络上泛滥的种族歧视让我开始反思自己：己所不欲，勿施于人。既然我作为华人群体中的一员，对类似的冒犯言语感到愤怒，我是不是曾经有意或无意地对其他群体也做过同样的事呢？比如把黑人群体和犯罪联系在一起；女人和拜金主义；武汉人和病毒。人们大可对冒犯性的言辞轻描淡写，只说是无心之过，但对他人的伤害却是实实在在的。"

坦白讲，看到现在的中国青年有这样的组织能力、思辨能力、共情能力，我是非常骄傲的。他们成长在全球化的黄金时代，他们愿意拥抱世界，他们愿意去向世界解释中国，在他们身上，我看到了"中华情怀，全球视野，包容开放，进步力量"的凤凰价值。作为传媒工作者，我觉得他们的记录就是最好的中国故事，就是真正的中国软实力。

当然，每位读者都有自己的阅读角度。如果你不太满足于传统的宏大叙事，如果你想感受疫情中普通人的不同生活，如果你想在将来回望这一段正在生成的历史，《人间记忆》这本书会为你提供丰富的阅读体验。相信各位读者都会有所收获。

最后，请进入每一个故事里吧，这是我们与真实世界互动的最佳方式。

凤凰网总编辑
邹明

推荐序三

在人间的故事里相聚

新闻摄影最主要的功能就是见证，手持相机的见证者往往是事件的局外人。但在疫情中，这种关系变了，事件的亲历者成了讲述的主体，他们的口述、实录与照片成了这次疫情最为直接的见证。

我跟随凤凰网《在人间》这个栏目已有多年。疫情初期，该栏目编辑部便第一时间发出征稿启事——"这个春节，无论你身在武汉，还是别的城市，只要你在疫区，都请你通过照片和文字记录你身边正在发生的故事。请务必保证故事真实。期待你的来稿。"于是，这座小小的岛屿逐渐人声鼎沸起来，成了人们倾诉的一个出口。

我粗略统计了一下《在人间》栏目在疫情期间发自武汉的报道，并从中梳理出101个当事人，他们分别是患者、患者家属、医生、护士、志愿者、社区工作者、媒体人、外卖员、心理医生、工人……他们大多都是以亲历者的身份，用第一人称的口吻讲述疫情中的经历，其中不仅有口述文字，还有用手机或相机拍摄的现场照片和视频，各种截图（聊天记录、短信、社交媒体发布的信息等），以及翻拍的文件档案（机票、报告、感谢信、医院检查结果、手写字条等）。所有素材汇聚一起，构成了一种于历史之中的在场感。

"在人间"是一个具有凝聚力的社区。"我们相信'封城'是暂时的，人和人的沟通和理解可以超越任何高墙"，这是该栏目关于武汉系列报道的第二篇文章下面的置顶留言。正是由于这种开放的态度和善意的心态，让这里成为一处充满善意的公共场域，来到这里的人愿意说话，故事的讲述也由此开始。

现代人离不开媒介。我们向来以为媒介的功能是承载信息和传递信息，但其更重要的功能是让人产生联接。在疫情之中，这一作用被迫切需要。疫情之中的我们全天候地徘徊在网络空间，在共同关心的事件和话题周围相聚，这些聚集是临时的、动态的，大小规模不一的。但鉴于异质人群复杂的人际关系，网络空间也并非是虚拟的乌托邦。现实空间的隔离更让疫情中的人急需倾诉。由此，网络空间成了人们超越现实地理空间的一个聚集地。

已经过去的这些时光片段如今再度呈现纸上，也会更为长久地留存。这些故事之所以让我们为之感动、流泪、投入其中，不是因为故事的讲述，而是因为我们是故事中的每一个人。新冠疫情让我们几乎所有人都变成了事件的当事人，由此它也拷问着我们的良心，让我们反思如何待人待己，去思考我们作为人类的本性。

中国人民大学新闻学院副教授

任悦

推荐序四

记录瞬间，记录人间

倩倩在大年初一失去了自己的母亲，故事在互联网上如风暴般传开；34岁的枣阳人范曹军，从大年初一开始组织周边13个县市的志愿者车队，护送约300位医护人员支援武汉；88岁的冯保会和83岁的妻子李绍华被交叉感染后入住汉口医院，老头儿坚持每天拎着吊瓶去另一个病房看望患有阿尔兹海默症的妻子，给她喂孩子送来的食物……除了同样生活在当时有着900万人的武汉，这些故事的主人公生活本无交集——直到他们被卷入一场蔓延全市乃至全国的疫情，直到他们发声讲述自己的经历，直到新型冠状病毒席卷全球整整一年后，他们的名字在这本题为《人间记忆》的纪实作品里前后连接在一起。

阅读这本书，武汉和世界在那段时光里的点滴细节像漫过长江观景台的大水，一浪又一浪，席卷而来。

2020年，和其他人一样试图回归原有的生活轨迹时，我偶尔会想起这些故事的讲述者。比如倩倩，她如何看待自己与时代冰冷的劈面相逢，如何看待自己的口述在历史中扮演的角色？S.A.阿列克谢耶维奇曾为切尔诺贝利事件亲历者代书："我的生活已经成了这一事件的一部分"——反过来说，无数的人记录下自己那个时刻的生活，也就记录下了大历史中平行发生的无数小瞬间，记录下被宏大叙事刻意省略的那一部分"人间"。

人类是说故事的动物。我们在故事中休戚与共，又在此后的行动中彼此相连。回顾那段历史，亲历者讲述在阻击新冠肺炎疫情的过程中扮演的角色特殊又意味深长：当个体借助互联网媒介发声讲述经验、感受与抉择，叙事的权利不再只属于少数人，最初的声音或许喑哑，但借助互联网的传播，个体经验激发了公众的情感共鸣，加深了对这场苦难的认知；通过转发、讨论，其中蕴含的公共议程逐渐得以凸显，最终将越来越多的人联结为一个共同阻击疫情的行动者网络。作为深信叙事力量的前新闻人和研究者，我目睹个体叙事成为合力阻击疫情的起点之一，也得以证实我的判断和信念：亲历者口述不仅生产今天的新闻和明天的历史记忆,它所产生的力量也能够形塑现实社会行动。

南京大学新闻传播学院教授

周海燕

推荐序五

用冷静的叙述抵抗冰冷

2011年前后，互联网媒体还处在图文时代，一批注重图片质量的纪实故事栏目从传统媒体摄影部和互联网媒体图片组中诞生，凤凰网《在人间》栏目由此应运而生。

回顾过往，《在人间》栏目经历了三个发展阶段：早期，它属于新闻图片组的一个图集故事栏目，后来随着融媒体概念的出现，我们组建了一支含图片编辑、文字编辑和摄影师的团队，坚持以图片故事为主的创新报道；2020年，在作者无法便捷抵达疫情现场的期间，我们利用互联网的优势及时调整了报道方式，做了大量的故事征集、纪实性文字报道和视频短片；目前，《在人间》栏目更像是一个多媒体实验室，处在转型中的第三个阶段，我们正在探索一条以深度故事为主、兼顾图片故事和微纪录片的融合报道，以及依靠商业故事定制而发展下去的路径。

新冠疫情初期，信息真假难辨，民众对病毒一无所知，每个家庭像是一座孤岛，大家非常关心前方消息和权威信息。凤凰网通过纪实故事、视频对话、专家解读、疫情地图、辟谣日报等立体报道方式，履行好应尽的媒体责任。

凤凰网的早期疫情报道主要含四个方面：第一，最早推出疫情地图和疫情日报等工具类产品；第二，及时发布防疫科普和辟谣日报；第三，做了大量的专业解读，比如在钟南山院士宣布病毒人传人消息前的1月19日，凤凰网《肿瘤情报局》栏目特约作者、医学专家张玉蛟教授便发布了最早一批专业文章，向社会警示了病毒的极大危险性；第四，报道了大量的前方疫情，"在人间"表现最为积极，所记录的抗疫故事多次全网刷屏。

"在人间"通过全球各地的作者、摄影师、拍客、志愿者和医护人员，在编辑组长期无休的努力下，记录每天发生的疫情故事。在特殊背景下，"在人间"焕发出了新的生命，创作了数十篇阅读量10万+的文章，甚至单篇阅读量超2000万的文章。

在极度追求效率的算法时代，早期诞生的纪实故事栏目几乎销声匿迹。为什么《在人间》栏目还能焕发出新的生命力？我们觉得核心点在于凤凰网的媒体初心——坚持媒体责任，坚守"用冷静的叙述抵抗冰冷"的理念。通常情况下，事件的主人公面临着常人无法想象的遭遇，如果我们不置身其中，很难感受到他们的痛苦或喜悦。"在人间"的编辑和作者坚持用冷静的叙述记录个体故事，力求读者和主人公产生共鸣。

疫情期间，我们的编辑、作者和合作伙伴奇迹般地把一个周更栏目变成了日更栏目。背后的艰辛，历历在目。如今，"在人间"记录的疫情故事最终汇聚成了《人间记忆》，令人快慰。

接下来，我们会继续记录和传播更多的故事，继续探索兼具人文情怀和商业价值的路径，做怀抱理想又拥抱变化的媒体人，让"在人间"有温度的个体故事不断延续。

凤凰网新闻总监
吴曙良

目录

第一章
人在武汉

003_ 武汉"封城"赋予了当地人新的意义

011_ 大年初一，妈妈在隔离病房去世

022_ 从湖北 13 个县市接送 300 个医护人员回武汉抗疫

030_ 华为人用行动传递温暖

039_ 重症病房里 80 岁老人的爱情

048_ 曾被感染，但不曾退缩

056_ 做任何事都有风险，但总有人会站出来

062_ 疫情下的心声，让爱流动起来

067_ 城门开

083_ 12 年前她没能去汶川，12 年后她来到武汉

第二章
人在中国

- 101 _ 一辆载着 15 万副医用手套的车向武汉开去
- 106 _ 《我不是药神》抗疫版
- 112 _ 基层干部抗疫实录
- 127 _ 疫情下的首都北京

第三章
人在全球

- 149 _ 大邱之于韩国,正如武汉之于中国
- 159 _ 意大利"封国"前后
- 169 _ 亲历法国"封城"一周
- 178 _ 罗马最著名中餐馆之防疫抗疫
- 188 _ 英格兰"封城"日记
- 196 _ 不谈国与国,我们帮助的是一个一个的人
- 205 _ 疫情下的美国西雅图
- 220 _ 中国留学生归国记

229 _ 后记 / 记住我们这个时代的普通人

第一章
人在武汉

武汉"封城"赋予了当地人新的意义

@ 武汉

图文：蒋敏（心理咨询师）
记录时间：2020 年 2 月 3 日

武汉"封城"第 14 天，也是"封城"以来的第二个晴天。我坐在阳台上打字，两个孩子在一旁玩耍。窗外，阳光明媚，洗后的床单随风轻轻飘扬。

自疫情以来，内心起起伏伏。从最初的漫不经心到如今的刻骨铭心，像长途跋涉般走了很长一段路。

"逃离"失败，心里却踏实了

一直以来，我都对人生的种种经历心怀感激。"封城"第一天，"逃离"宣告失败，让我从自责到失望，到心安。我相信，这件事会拓宽我的人生维度。

2019年1月23日,我有过一次两小时的"逃离"。

1月21日晚,我和老公终于做出回老家的决定。老公看着手机说,形势越来越严峻了。几天前,他刚刚和一个被隔离的同事一起开过会。虽然这位同事被证实未感染,但他还是有些担心,便在家进行自我隔离。

1月22日下午,有小区业主在群里发了一段视频——一辆救护车拉走了一位老人,所有陪同医生全副武装。那一刻,我深深觉得:我们该走了!再不走,肯定走不成了!

1月23日凌晨两点,武汉"封城"的消息传来。早上,我们赶紧打扫卫生。出行前打扫房间是我一贯的习惯,万一走不成,返回来,家还是干净的。我带着一种当逃兵的心态做着这些准备工作,直至出发。

坐在车上,看着这座熟悉的城市,我一遍遍地问自己:我们真的要逃离了吗?

老公一路叮嘱:没有他的允许,不能随便开车窗。

我心中掠过一丝悲凉。难道连这座城市的空气都不能自由呼吸了吗?

二七桥上车辆如常。我问老公,他们都是出城的吗?老公说,那是当然。我的自责似乎少了一些。

很快,到了武汉高速公路出口。此处站满了警察,警察要求所有车辆一律调头返回。那一刻,略有失落,但更多的是踏实,让我从自责的情绪中解脱出来。

到家后,大家都睡了一觉。之后,老公开始盘点物资、下楼购物,晚上又一个人默默地把行李一件件拿出来各归各位。

他的"主战场"在厨房。

做菜时,他一直念叨,今年太仓促了,都没准备几个菜。可是我觉得,夫妻关系和睦、亲子关系融洽就足够了,不用计较过年有多少菜。

所有人都在焦虑,医生的坚守成为我们的镇静剂

我有一个学习小组,大家一起学习养生保健,也一起撒泼卖萌。"封城"那天,我的"逃离"行动扰动了L雪。她平时是一个自信满满、光芒四射的人,但也有软肋——女儿。女儿生病需要吃药,她担心"封城"后无法买药。看到我走,她也想走。

那天,群里充满了不安、焦虑、躁动。

L雪说:"如果没死,我们夏天一定要聚!"

L荣后来说:"当时又惊恐又悲壮,不知道何时能再见,但最恐惧的时候能跟大家在一起,又觉得没那么难过。"

而W芳,作为一名医生,表示坚决留守武汉。

她的决心抚平了我们慌乱惶恐的最后一道褶子,成为大家的镇静剂。

"封城"给了我们一个重新审视家庭的机会

"封城"后,人们的生活由原来的社会大圈子迅速变成了只有家庭成员存在的小圈子,很多平时不易觉察的意义重新呈现出来。

以前我总责怪老公不准时回家,疫情期间则完全不会了。他每

次出门只为两件事——购置物资、丢垃圾，绝不在外逗留。以前在家，想让老公做事情还有点儿忐忑，怕他不愿意，现在则完全心安理得。在这个特殊时期，重新审视夫妻关系，也许会发现多年来不曾觉察的亮点。

"封城"后，时间有了新的意义。

大家的时间变得充裕起来，有许多事情可以做：追剧、读书、温习之前的咨询报告……我重新规划了两个孩子的日常生活。

大儿子每天上午不管几点起床，第一件事一定是学习；午饭后负责洗碗；抽时间和弟弟玩游戏。

我告诉他：其实我们不要刻意把某一段时间看得那么特殊，原来做的事现在还可以做，比如学习，比如自律……就算我们身处如此困境，也远未到世界末日的那一天。认真地学习和生活，是我们每一位普通人的职责所在。

"封城"第二天，我们家重启了已经停滞两年的读书会活动。几乎从来不看书的老公在读书会上表现最好，记笔记最认真；大儿子对于读书最有感悟。

与此同时，全家人都开始运动。"冬眠"许久的跑步机再次被派上了用场。我们发明了很多游戏，不停变换角色，相互追赶。有时是奥特曼，有时只是一个没有名字的坏蛋，一切角色由弟弟说了算。

大家比以前更讲卫生了，每天都要洗很多次手。以前小儿子会有不洗脸的情况，现在绝对不存在。他听到我们偶尔咳嗽时，就会对其他人讲："离他远一点，他在咳嗽！"三岁小朋友的认知就这样被这场疫情刷新了。

三岁小朋友，从抗拒口罩到为武汉加油

小儿子在更小的时候，称咳嗽为"紫色病"——这是他自己发明的"专有名词"。

有一次，他收拾好玩具问我："现在可以出去玩了吗？"

"现在还不能出门。"

他歪着头，很认真地问："为什么？"

"现在很多人都生病了，出去会被传染，很危险。"

"他们得的是'紫色病'吗？"

"是'紫色病'。"

"我们在家里就不会得'紫色病'了吗？武汉的人生病了，那让医生来救咱们武汉。"

"是的，医生已经来了，好多好多的医生来救武汉了。"

这让我想起"逃离"武汉的那天。出门时我让他戴口罩，他死活不戴，还把口罩带子弄断了。我不知道如何说服他，只好一手抱着他，一手紧紧地在他脸上按着断掉带子的口罩。

或许当时大人把慌乱情绪传染给了小朋友，小朋友才会对戴口罩如此抗拒。

而这个三岁的小朋友，在听到有人打开窗户高呼"武汉加油"的时候，也一遍遍地挥着他的小拳头跟着喊：

"武汉加油！武汉加油！"

稚嫩的童音在黑寂的冬夜下显得更加铿锵有力，而我只喊出了一句"武汉加油"，就已泣不成声。

疫情让我更加深爱这座城

除夕那天,老公做了好几道菜,两个孩子吃得津津有味。又想到不知道还要多久才能带他们出去玩,我是既欣慰又心酸。

老公还备了点儿小酒。小儿子在睡觉,大儿子在看电视,我们俩喝着小酒聊着天,好像一下子回到了没毕业刚结婚的那段时光。那时我们住在那栋博士楼小小的"家"里,经常炒几个菜,喝点儿小酒。恍然间,十几年过去了,身边多了两个孩子。这些年,不知道吵了多少次架,也不知道在心里离了多少次婚。对于这个小家庭,我们都有功,也都有过,但都不重要了。2020年,我们仍然紧紧依靠在一起。

我们的年夜饭。

"封城"后的第三个晚上,网络上流传着一个视频——有个人站在阳台上用武汉话朝着外面喊:"对面的,把窗户打开吵个架?要疯了,有没得人哦?"我边看边笑边哭,看了一次又一次。那一瞬间,我知道我更加深爱武汉——这座我生活了二十多年的城市。如果你不是武汉人，如果你所在的城市没被"封城"，或许无法像我一样如此深刻地理解那番对喊中所包含的坚强、乐观、感动和心酸。

这座城市好有爱，这座城市更有希望。正如一位朋友所说——通过这次疫情，相信我们都会更加深爱这座城，不管是留下的人还是"逃离"的人。

"封城"没几天，冰箱、冰柜、零食柜就空了。小儿子不再愿意一天只吃两顿饭，时常往零食柜跑。老公这个"厨师"也越来越不好当了，每天中午只有一道菜，晚上是一顿面条。

社区通报了小区的疑似人数和确诊人数。这里已是重灾区，我们越来越不敢出门。悲观时我会觉得，危险似乎离我们越来越近了，近得我不敢打开窗户，不敢在阳台上晾晒衣服。楼上和楼下的距离，似乎更远了。

疫情当下，心存敬畏

"封城"的经历，或许可理解为是一种患难与共的经历。随着疫情的发展，新的人际互动模式展开。很多人通过手机发来问候，大部分是出于真诚的关心，也不排除有人只是猎奇。我努力去感受那些真诚的味道。

现在有许多心理机构在做心理危机干预。一位朋友对我说，这是个好机会。我无法回应"机会"两字。此情此景，我们自身都很难控制自己的焦虑，如何去帮助别人？我想到"敬畏"一词。我们要学会敬畏他人的想法和态度，而不是直接评价。面对疫情，不管是医护人员，还是患者或普通市民，每个人都有不同的心理压力。如何有温度地、有效地帮助到他们，如何让大家产生敬畏心理，才能有效化解焦虑感和危机感。

能不出门就不出门，即便要出门也要戴好口罩，这是对生命的敬畏；不听信谣言，更不传播谣言，这是对事实的敬畏。

以上，就是我作为一名武汉普通市民、一名心理咨询师，在"封城"初期的真实经历和感受。有平淡和从容，也有一些慌乱和焦虑。

大年初一，妈妈在隔离病房去世

@ 武汉

> 口述、图片：倩倩（新冠肺炎患者家属）
> 采访：陈少远、陈佳妮
> 执笔：陈少远
> 记录时间：2020年1月24日

联系上倩倩时是2019年1月23日（腊月二十九）。当天上午十点，武汉因新冠病毒"封城"。她很焦急，因为她的父母已被确诊感染了新冠病毒，分别隔离在不同的医院；她哥哥也已确诊，独自隔离在一家酒店。

除夕，我们又聊了一次，倩倩的心情明朗了些。当日她奔波了一整天，在汉口帮她父亲买到了免疫球蛋白，然后一路飞驰，奔回了家。夜里二十四点，武汉要锁江。

大年初一中午，她发来微信，告诉我她母亲去世的消息。她哭着喊道："我没有妈妈了，我没有妈妈了，我该怎么办？"

江城冬日阴冷，时常飘雨。倩倩四处奔波，送别母亲。

疫情给了这个家庭突然的重击。最内疚的是她父亲。1月中旬时，他因担心妻子的肺部小结节，就督促她去医院做了个手术，随后妻子在医院被感染了新冠病毒。

短短几个日夜,疫情陡然严峻,喧闹的武汉逐渐停转。截至 1 月 28 日,官方统计数据显示湖北已有一百人因感染新冠肺炎去世。

以下为倩倩口述。

我不能再失去任何一个家人了

妈妈走了。一切都太不真实了。

大年初一早上,爸爸打来电话,让我给他送药。我带了十瓶免疫球蛋白出门,想分别给爸妈送一些。

我把药放在隔离楼大厅的一个地方,然后走远一些。爸爸走过去取走了药,临走时对我喊了一句:"你妈妈可能不行了。"

我很震惊。后来他说,十几分钟前医院打来电话,告知妈妈的器官已经衰竭,医生正在抢救。

我安慰他:"不会的,医生肯定可以抢救回来。妈妈那么坚强,我们要相信她。"

他回复:"不会了……"

我向爸爸要来来电人的电话号码,打了过去。对方一直暗示我妈妈确实快不行了。我只能哭着求他:"我什么都可以不要,多少钱都不在乎,求你用最好的药、最好的设备救救我妈妈,我不能没有妈妈啊。"

通话结束后没几分钟,手机又响了。医生很郑重地介绍了他的身份,并说已经通知了殡仪馆,一会儿就会把我妈妈的遗体拉走。我求医生等等我,我马上就到。他答应了,但告知我不能靠近。

通话结束后,我哭了几分钟,又想了想,觉得应该让哥哥知道这件事,何况我自己也有点懵,不知道该怎么处理,怕自己扛不住。

我打给哥哥,问他:"你要不要来妈妈这边?"

他问,怎么了,早上五点他就来医院排队等着做检查,排了一上午还没轮上,现在走了就白排了。

我一字一顿地告诉他:"哥哥,你要冷静。我们没妈妈了。"

一瞬间,哥哥崩溃了。他不相信,哭得很惨,他从未这样哭过。我也想哭,但不敢再哭了,一直安抚哥哥。

我们想去见妈妈最后一面。一路上,爸爸和嫂子一直给我打电话,让我们不要去,太危险,但我们不能不去。

我先到的医院,手脚发着抖。过了一会儿,哥哥也到了。他戴着口罩,踉踉跄跄冲去病房,我拦都拦不住。

哥哥哭得喘不过气。病房里还有三位阿姨,她们都在抹眼泪。由于那里是感染科病房,我担心他的安全,只能使劲儿拉他出去。

医生给了我们一张死亡证明,上面写着妈妈的直接死亡原因是"呼吸衰竭……因新型冠状病毒感染引起"。他说,现在得先把遗体送去殡仪馆。

我们在楼下一个空旷的停车场等着。天开始下雨。半小时后,有人推着一个尸袋出来。确认里面是妈妈后,我们跟着来到太平间,一直在门口跪着磕头。我担心哥哥的身体,只能又拉着他离开。

随后殡仪馆打来电话。我们一路加速,二十分钟后就赶到了殡仪馆。

好几辆车停在那儿。我们确认了运送妈妈的车后,便向那辆车跪下磕头。

车开走了,我一直在后面追。车越开越快,我实在追不上,停了下来,站在那儿,气喘吁吁。天很冷,我感到很无助,很绝望。

哥哥哭得收不住。我平复了下心情,努力冷静地跟他说,走,咱们现在得赶紧把爸爸的药送过去。

我一直在跟他说,我们剩下的人一定要活得更好,不能再失去任何一个人了。

艰难的选择

去找爸爸的半小时车程里,我一直跟哥哥说:"你可以在我面前哭,但不能对着爸爸和嫂子哭。你也不能说自责的话,否则爸爸会更自责。所有人都没有错,我们原本是为了母亲的健康才让她去做手术的。"

爸爸从那栋矮楼里出来了,离我们远远的,也不说话。我猜他一开口就会哭,会崩溃。

我们把药放在附近的桌子上走远后,爸爸才过去取,取完就走了。妈妈确诊后,爸爸一直不让我靠近他。我们俩见面,都要隔开二十米。我每走近一步,他就退后一步。他会很凶地赶我走。我不走,他就会着急,就会吼我。以前爸爸从不这样对我。

爸爸很爱妈妈。妈妈做完肺部手术后,每天都很痛苦,日日夜夜睡不好觉。爸爸贴身照顾,也几乎不怎么睡。

1月21日,我和哥哥开车去看外婆,刚到外婆家不久,就接到电话,说妈妈疑似感染了新型冠状病毒。

2020年1月17妈妈做完肺部手术时，我送给她一大束花，她很高兴。

1月22日，妈妈确诊，医生说要先将妈妈转到金银潭医院。但过了三个小时，还是转不了，因为金银潭医院已经满了。当时我特别慌。医生告诉我，说这里很快会有全国各地的专家来支援，让我不必担心。

但我还是很着急，很想去找他们，就觉得一定到看到他们，确定他们在那里。

我不知道到底发生了什么。我们一天不在家，怎么就发生了这样的事？一想到好多天都看不到妈妈了，我就很害怕，怕会不会以后再也见不着了。

妈妈住院时，我隔着病房玻璃看过一眼。护士一直提醒我不能进去，不能待太久，要做好防护。

爸爸一看到我就很生气，用手比划着，让我赶紧离开。妈妈的病床靠墙，我看不清她。护士把她扶起来，她特别虚弱地跟我招了招手。

后来我们才知道，当时爸爸并未被传染，他只是自己主动要求去陪护妈妈的。

那段时间，我们每天都面临一些很艰难的选择。如果当时我们得知爸爸没有被传染，还让不让他去照顾妈妈？妈妈被隔离后，医院规定不能接收外卖了。让哥哥送饭，很冒风险；不送，妈妈又会饿肚子。送还是不送？

我们没时间想这些，只能给哥哥最大限度的防护。他去送饭时会穿上一次性雨衣，戴上口罩、鞋套和医用手套，再用胶带把身上有缝隙的地方全部封牢。

右边这栋矮楼是妈妈被隔离的地方，我每天往返一个小时给她送药。

爸爸的核酸检测结果为阳性

妈妈的病房里共有四个病人。爸爸没地方睡，就让我们买了个移动式马桶椅，晚上就坐在上面休息。

1月22日晚上，爸爸也做了核酸检测。但隔天下午，检测结果还没出来，感染科病房就不让他在那里陪护了。

爸爸取了检测结果，在医院大厅里坐着，不想离开妈妈。我说，那我去医院对面的酒店开个房间，隔着窗户能直接看到妈妈所在的那栋楼。不料，酒店却早已不对外营业了。

爸爸说检测报告显示的是阴性，我终于松了口气。我想开车接他回家休息，但他不愿意坐我的车，担心他身上带有病毒。我们俩只能一前一后地开车回家。半路上，他给我发信息，说他眼花看错字了，

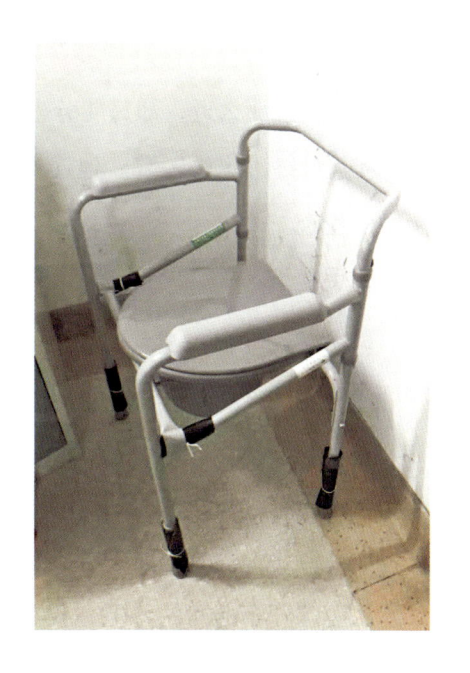

在妈妈病房里，爸爸每天就是在这张椅子上坐着过夜的。

第一章 | 人在武汉

其实是阳性。

他非常难过，更不敢让我跟他同住了。他一直问我，怎么办啊，该去哪儿啊。我也慌了神，不知道我们应该去哪儿。

我先把早上买的一瓶500毫升的酒精拿给他，再取出早上特意买的一瓶喷雾式花露水。爸爸把花露水都倒掉，把瓶子灌满酒精，就能当酒精喷壶了。由于我只买到一瓶酒精，爸爸坚持要把酒精留给我一些。

于是，我们将车停在一个黑巷子里，一左一右。我走过去，爸爸将车窗摇了下来，不说话，只用眼神暗示我把手伸出来。我猜出他的意思，把橡胶手套脱了。他用喷壶对着我的两只手仔细地喷着酒精，又将酒精瓶的整个瓶身喷了一遍，还把他刚捏过的地方再次喷了一遍，才慢慢将那个瓶子递给我，并用眼神示意我赶紧走。

回到车里，我们继续用电话交流，商量了好一会儿该怎么办、该去哪里。

我们隔着那么近，却只能分坐在两辆车里，不知该往何处去。

爸爸最终决定去医院。他连夜到另一家医院排队，等到凌晨，终于做了检查。第二天一早，他给妈妈送去早餐后，又去那家医院排队办住院手续了。

那时，我想我们一家人马上就要团圆了

爸爸提着药和一桶加了盐的矿泉水，越走越远。我和哥哥朝他喊：爸爸加油，要坚强。他回头看了看我们，还是没说话。

从医院开车返回的路上，我有些恍惚。哥哥多次提醒我刹车。我们决定把酒店退了,一起回我家住。妈妈走了,我们需要彼此。

我跟哥哥说,我们住一起,我还可以给你做饭,我自己也能好好吃饭。我们一定要坚强,不能倒下。

平日里我一个人住,妈妈时常会来看我。记得 2019 年 11 月,妈妈给我带来很多调味品,还帮我处理了过期面粉,留了一个字条,嘱咐我过日子要精打细算。

我给哥哥做饭时,发现家里只剩一瓶妈妈之前送我的橄榄油。我想一直珍藏着这瓶橄榄油,便去超市买新的。在货架上,我看到了妈妈最爱吃的酸辣粉,蹲下哭得不成人形。

1 月 23 日晚上,妈妈发来信息,说想吃手撕面包和酸辣粉。我马上出门去找,但超市都关门了。妈妈这么虚弱,好不容易想吃点东西,我却不能满足她。

妈妈去世后,我才知道,她说有护工陪护其实是骗我们的。她独

(左)2019 年 11 月妈妈来我家时,帮我收拾了屋子,给我留了字条,让我一个人仔细生活。

(右)妈妈亲手为我做的橄榄油,我想一直珍藏着。

第一章 | 人在武汉

自隔离后，我们都非常担心她，四处求助。妈妈很善良，一直劝导我，二十多个病人就只有一个医生、一个护士照顾，他们遭受了很大的压力和委屈。

以前不觉得妈妈在身边有什么特别之处，但当我真的再也见不到妈妈时，整个人就像在黑暗的寒夜里突然被扯去裹身的棉被，暴露在无尽的暴风雪中。

妈妈去世的那天晚上，爸爸一直给我和哥哥发信息，告诉我们他们的银行卡密码、手机密码，以及买了哪些保险，等等。所有事情都交代得很仔细。有时候他突然想起什么事，就会发来一段很长的语音。我特别怕爸爸为妈妈的事而太过自责。他们实在是太相爱了。

1月24日上午，我想去医院给妈妈送手撕面包和酸辣粉，嫂子知道后情绪特别激动，坚决不让我去。她说："自己已经有一些不适症状，如果隔离了，你得帮忙照顾孩子；如果家里五个大人都被传染了，孩子怎么办？"

我告诉嫂子，我的体温已经是37度多了。她一下就崩溃了，一直在哭。

嫂子在家里从早到晚用84消毒液做清洁、消毒。给侄儿弄食物时，一定要先用酒精做手部消毒，手背都过敏发红了。

只有六岁的小侄儿什么都不知道，开心地过着寒假。以前嫂子对他管得很严，不允许他看电视，但这几天他可以随意看。如果他黏过来，嫂子就立刻躲开，一直让他走远点、走远点。

我是从小被宠大的，但如今，我第一次感觉到这个家需要我来支撑。我就是最后一道防线，我要保护好嫂子和小侄儿。

跟哥哥嫂子沟通时，我会故作轻松，告诉他们一些好消息，比如武汉又来了多少专家，又治好了多少患者。但挂了电话，我常常一个人在家里哭到崩溃。

1月24日晚上，我把妈妈的酸辣粉和手撕面包放到哥哥所在的酒店楼下，让他给妈妈送去。我又开车去汉口买免疫球蛋白。

我开得飞快，因为我要赶在锁江前奔回家。途中，我给哥哥打电话，问他在哪儿。没想到我俩竟然就在同一座高架桥的上下层。看了一眼表，正好是凌晨零点。我才意识到，鼠年来了。

我跟哥哥说，新年快乐！

我看了看车后座，感到很欣慰。我想，我们也算过了一个不错的除夕——爸爸需要的药那么难买，我已买到很多；病房里的妈妈也有护工照顾了。

那时，我想我们一家人马上就要团圆了。

我从湖北 13 个县市
接送 300 个医护人员回武汉抗疫

@ 湖北

口述、图片：范曹军（志愿者车队组织者）
执笔：张维
记录时间：2020 年 2 月 9 日

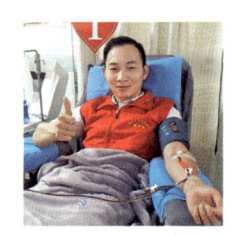

范曹军

我叫范曹军，今年 34 岁，是湖北省襄阳市枣阳市人，在武汉上学、工作十多年了。武汉是我的第二故乡。

2019 年 12 月，我就关注到从华南海鲜市场传出的疫情消息。由于工作需要，我经常在武汉市内到处跑。2020 年 1 月，我开车路过华南海鲜市场时，发现那儿有很多医护人员和警察、城管，市场已经被封。我意识到疫情有点严重了，当天就买了许多一次性医用口罩。腊月二十九，武汉"封城"。当时我已经回到枣阳家中，早上醒来看到消息时吓蒙了。

疫情不断升级，新冠肺炎患者数量呈爆炸式增长。武汉的医护人员几天几夜都顾不上休息，甚至还有些医护人员牺牲了。

紧接着，武汉很多医院开始召集假期中的员工回到一线。我陆陆续续了解到，湖北不少地区的医护人员迫切需要返回武汉，可是当时大家的注意力都集中在武汉，没有关注到其他地区医护人的需求。我想，既然有人遇到困难，那我们就尽力去帮一把。

大年初一，征集志愿者车队

即便往年春运期间，在湖北省内搭车都很不方便，更何况是在疫情暴发时四处封锁的情况下。

大年初一，我在老乡微信群和朋友圈发消息，号召有条件的朋友来当司机志愿者，护送医护人员返回武汉抗疫。消息刚发出去，就有人纷纷响应。当天夜里我就组建了一个共 25 人的志愿者车队。这些人我都没见过。他们基本上都是私家车车主，都有自己的本职工作。

但是，当时我刚从武汉回到枣阳，按照规定我必须在家中自我隔离。因无法出门，我就将 25 个志愿者拉了一个群，自己留在家里做指挥工作。

大年初二，我们发了两辆车试行。我在小范围内进行了宣传，立马就得到一名医护人员的回应。她是武汉某医院的护士，春节假期里一直待在枣阳。一开始医院没有要求她回去，但她了解到武汉的严峻情况后，主动要求回去支援。

刚开始，这样的医护人员只能零零散散自行回去。后来，武汉的情况越发危急，越来越多的医护人员要求返回武汉，我们也越来越忙。

医护人员乘坐我们的车后，把车队志愿者的信息分享到了医护群。一传十，十传百，车队网络就慢慢搭建起来了。

从枣阳到武汉，300 公里左右，单程需要三个小时左右。刚开始

制鞋厂老板苏宏昌（左二）将枣阳市、随州市、云梦县、孝感市的五位医护人员送至武汉。

崔巍（左二），退伍军人，自主创业者。每次需要护送医护人员时，他总是冲在第一个。

司机们只在枣阳接，很快就发展到周边 13 个县市。

随着疫情升级，从省里到市里，从市里到县里，甚至到村里，几乎所有的交通路线都被封锁了。帮助一个医护人员从村里赶到镇上、再赶到市里，最后辗转赶到我们的汇合点，整个过程当中真是有太多的艰辛。

每天至少工作十八个小时

很多时候，我一接到求助电话就赶紧拿支笔记下来——他的网名是什么？他在哪里？什么时间出发？离他最近的高速路口在哪里？我们的车现在还有多少辆？可以给他分到哪辆车？志愿者司机的电话号码是多少？几点汇合？走哪条路最近？……所有问题，我都要尽可能地考虑周全。

其实，刚开始我们都是点对点联系。志愿者或医护人员自行在群里发消息——我是哪家医院的，目前在哪儿，计划去哪儿；目前车在哪儿，有几个空位，去往哪里。但是这种沟通方式效率极低，尤其是在有几百人的大群里，信息很容易被淹没，真正有需求的人反而看不到。于是，很快我就调整了工作方式。我想到一个办法——由我在后台搭建一个信息枢纽，然后一边联系司机，一边联系医护人员，在所有信息确认之前司机和医护人员彼此不联系，当我确定双方信息匹配度在 90% 以上时，再拉一个三人的小群。

我会提前规划好路线，确认好司机在哪儿接医护人员、接哪个医护人员，司机只需记住时间、地点和医护人员的名字就可以了。医护人员遇到问题时可直接联系我，我会告诉他如何与司机汇合。这样做大大提高了运送效率，最终我们做到了几乎每辆车都能满载。我几乎每天工作十八个小时，时刻盯着大家的动态，设计路线、协调、沟通。

车队里的志愿者大部分是枣阳的，后来陆续有其他地方的志愿者加入，如谷城县、宜城市等。

原则上，志愿者们跑一天休一天。也有人每天都跑，不休息。粗略统计，我们二三十个司机志愿者已护送了差不多三百个医护人员支援武汉。

枣阳当地一个司机志愿者，从我发起号召开始，他就积极报名。我们帮他跟村里协调，给他开各种证明，但是当地就是不让他出来。他天天看着群里护送医护人员的司机那么辛苦，干着急，帮不上忙。他跟村里、镇上打电话，跟市里协调，前前后后争取了四五天，最终还是没成功。每个地方都出于疫情防护的需要而严格防控措施，我们

邓国涛（左一），印刷工人，疫情期间曾护送谷城县、宜宾市的医务人员支援武汉。

能理解，但他的精神仍令我感动。

目前，先后有两个志愿者退出了。不是他们自己想退出，而是他们的家人担心他们的安全，他们也没办法。我们都能理解。

质疑与坚持

整个过程中，我也遇到过不少质疑。有人说我们是发国难财，还有人说我们拿了政府补贴，反正说什么的都有。事实上，我们没有一分钱盈利，没有任何利益纠葛。

最开始志愿者们就提议免费接送医护人员，但是我觉得，从枣阳到武汉一去一返有 600 公里左右，跑一趟油费就得四五百块。这些志愿者都是普通工薪阶层，虽然负担得起这四五百块钱，但能负担得起几个四五百块呢？于是我建议大家象征性地收取一点油费，希望能让这件事情长久稳定地运行下去。平日里从枣阳到武汉的大巴车，每张座位票是 100 元，我们的志愿者对每位乘客的收费是每次 50 元，勉强凑点油钱。

我从来不直接接触这些钱。我会跟医护人员说，上车后或是到达目的地后，把钱发到小群里，提醒司机收就行了。其实，医护人员都很理解我们，有时候我们不说，他们也会主动发。

后来，陆陆续续有好心的枣阳老乡、热心的武汉市民给我们志愿者车队捐款。虽然不多，也就千百块钱，但每次志愿者出车时我都会分给他们 50 元的油钱，以转达爱心人士对他们的敬意。

2 月 5 日，车队暂停运营，这件事与志愿者司机何辉的去世有关。虽然我们不认识他，但他却是我们身边的战友。听到这个消息时，大家开始在群里讨论如何做好防护。

虽然我们没有多少防护物资，但我会监督大家做好基本的安全防护，比如：戴好口罩，开车过程中尽量保持车内通风，每次发车前要对车辆进行全面消毒，在武汉收费站跟交警和志愿者接洽完之后要消毒，返回枣阳后再进行一次消毒，等等。

后来，医用口罩和酒精都很难买到了，车队只能暂停运营。我在群里宣布了这个消息，也告诉大家我一定会想尽办法筹集防护物资。一位志愿者说，只要防护物资到了，我们就立马开始行动。

我在网上看到有位女医生为了返回武汉抗疫，花了四天三夜，骑行了300多公里。看到这个视频时，我的眼泪哗哗地流。只有经历过这个过程的人才懂得其中的艰辛，但我真的不忍心再看到有人骑自行车回武汉抗疫的医生了。

2月7日，我们终于筹到了170个一次性医用口罩、50个护目镜、50瓶消毒酒精。尽管还没有筹到防护服，但我还是在群里号召大家2月11日再次启动志愿者车队，继续接送医护人员们。我的号召立刻得到了大家的响应。

我很喜欢这里

高中毕业那年，我第一次来到武汉。当时，我跟几个同学拖着行李到达汉口火车站，乘803路公交车，从汉口绕了一圈，再走江汉桥，然后走到汉阳。

这座城市很大很大，大学很多，校园很美。武汉有武大、华中大等重点高校，也有黄鹤楼、东湖等5A级景区，是一座有着浓厚文化底蕴的城市。因家里经济原因，我高中毕业之后就没继续读书了。刚来武汉时，我就想先把工作稳定下来，然后读书，上个大学。

我的第一家工作单位是九州通医药集团。当时公司为了帮助职工提升学历，号召大家读大学，我就主动报名了。边工作边读书，经过四年半的时间，取得了本科文凭。我现在在一家保险公司工作。

在武汉生活了很多年，我很喜欢这里。我希望疫情早点过去，武汉早点恢复到原来的样子。如果可能，我希望通过自己的努力，能在武汉安个家。

华为人用行动传递温暖

@武汉

> 口述、图片：李顺（华为员工）
> 执笔：正云
> 记录时间：2020年3月3日

李顺

    我叫李顺，在华为工作，驻点武汉，主要负责运营商通信业务，保障大家的网络通信。今年由于武汉"封城"，很多同事回不了家，留在武汉过年的有一百人左右。

    2月8日元宵节晚上九点多，家里的老人小孩都睡了，我和妻子正在看新闻，突然工作群里收到一条消息，主管留言："北京一武汉视频会议需紧急保障，涉及医院连线，由xxx负责备好全套防护装备。"接着，发了有关防护服的使用视频。

    主管还说，由于此次特殊任务是在疫区，大家可自愿参加，可以去也可以不去。

    我了解了任务内容后，考虑了一下，回复道："我可以去，随时待命。"

    妻子在我旁边愣了，眼睛死死地盯着我。我赶紧安慰她："工作需要嘛。"并跟她很快商定，出完这次任务后，我去做自我隔离。

我在金银潭医院 ICU 病房奋战十小时

这次任务涉及五个地方，其中四处是医院——武汉协和医院西院区、火神山医院、金银潭医院、武汉国际会展中心的方舱医院——都是接收新冠肺炎患者的地方。我们要安装电子设备，让这五个地方实现与北京的视频会议连线。

没想到，当晚就要出发。根据驻地的远近，我被派到了金银潭医院。金银潭医院是一家传染病专科医院，近期只收治新冠肺炎病人，而且都是重症患者。怕妻子太过担心，我没有告诉她我去的是哪家医院。

当天夜里十二点，我们去公司领防护装备。防护服是一件连体衣，可以把人完全密封起来。我们两人一组，一人负责调网络，另一人负

在华为公司湖北代表处楼下，我穿上了防护服。

责把视频直播连线的设备搭建起来。

到达金银潭医院时，已接近凌晨两点。院方说，这些设备要放到 ICU 病区的护士站里。

听到 ICU 时，略微有点担忧，但没有退路，必须完成任务。我们扛着设备，从员工通道直接去了七楼 ICU 病区。

凌晨时的医院没什么人，我只看到门口值班的保安和护士。ICU 外面也没有家属，只有医护人员。整个医院都非常安静。

值班护士帮我们开了门，把我们带到清洁区。院长过来协调了相关事宜，还在旁边放了个写有"武汉加油"四个字的牌子。

因为要进入传染病重症患者病区工作，我们的心理压力都比较大。所有人都非常谨慎，将随身用品都备了双份，随身携带洗手液。院区到处都挂着免洗消毒液，大家都能随时使用。将防护服穿在身上，身体就像在蒸桑拿，内衣都已经湿透了，外面却凉飕飕的。整个区域没有人打电话，手机都用塑料袋包了起来。

早上六七点，设备组装调试完成，护士长帮我们取了两份早餐，我们吃得小心翼翼。吃完早餐，进入 ICU 病区。

进 ICU 之前，护士长让我们把口罩和头套又换了一次。护士站对面就是病房，每个病房里面有四五张病床，周边有各种设备，病房的门都是密封的。

中午时，我们终于完成了北京和武汉五地的连线、试音、调整，然后离开。

2 月 10 日下午，北京与武汉进行了视频会议连线。这是一个远程会诊系统，可以让北京的专家对武汉医院的重症患者进行远程会诊。当我在电视上看到这一幕时，感到自己所做的工作特别有意义。

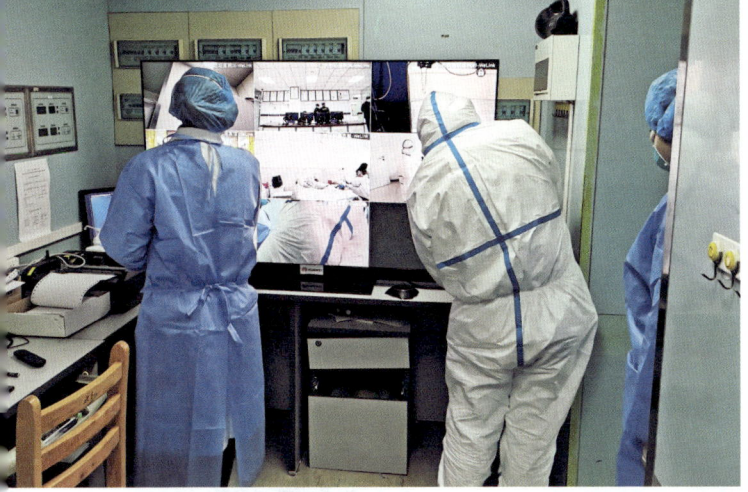

我和同事们在武汉市金银潭医院ICU护士站调试设备。

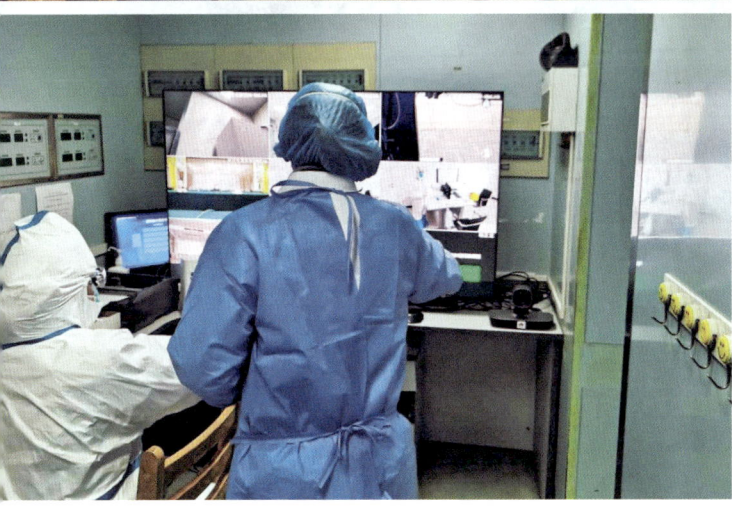

武汉医生与北京专家通过远程视频会议系统进行连线。

奔赴火神山医院与雷神山医院

武汉火神山医院和雷神山医院这两家医院的通信保障，也是华为与运营商一起完成的。

1月26日晚上，火神山医院5G站点开通，需要网络优化，领导通知我去现场进行调试。火神山医院要在十天内完工、交付、收治病人。早一点优化网络，就能早一点保障网络运行，这是通信人的职责所在。

车辆距离火神山医院大概还有一公里左右时，进不去了，因为前面停了很多运输物资的车辆。我们只能下车，步行20分钟过去。

当时火神山医院所在地是个很大的工地，现场有很多工人和机器，晚上十二点时依然灯火通明。大家热火朝天地工作，目标都很明确，就是要尽快把火神山医院建起来。

我们当时的工作主要是站点建设，建好站点之后还要对周边网络进行测试和优化。我们分头工作，每个人都会尽量多协调几件事，以减少传染风险。

我们在火神山医院施工现场工作时都戴了防护口罩，但没有穿防护服，因为那时患者还没有被转移过来。公司领导担心我们，特意到现场给我们送来一些防护口罩。

我先后两次去过施工现场。那里一开始是一片空地，施工队来了后，将地面弄平整，准备建盖病房。我离开的那天，这里已经做好了第一层防水层。慢慢地，就可以看到完整的医疗板房。

火神山医院建设现场。

自我隔离 14 天

2月2日，我为上海第二军医大学援鄂医疗队驻地酒店提供网络评估测试，以满足他们与上海院方视频会议的需求。

酒店的管理非常严格。大门口放了一个盆，里面有消毒液，每个人进门前先将鞋踩到盆里进行消毒，然后全身喷雾消毒，再测耳温、更换口罩。电梯分两类，一类是为消毒过的内部人员使用，另一类是为外部人员使用。每人一间房，所有人都要把日常外出的衣物用衣架晾在走廊里消毒，再换成干净衣服进屋休息。

除了这几次，我也为其他医院和医疗队提供过通信保障服务，但印象最深刻的还是在金银潭医院工作的那段时间。那次任务完成后，我在路上买了一些方便面，便独自搬到小区的另外一个房子里进行隔离。家里的老人和孩子至今都不知道我去过金银潭医院。

我女儿已经上小学一年级。我去火神山医院工作之时，她哭得很厉害，后来我跟她耐心解释和开导了一番，她终于理解了。

虽然我已经隔离了14天，但我还需要继续保持社交距离，以防有新的工作任务。每天自己简单做点早餐，家人将午饭和晚饭按时送到门口，我再取回来，互相不见面。

等疫情结束，我要好好大吃一顿

我们小区疫情比较严重，至今已确诊80多例。这是个楼龄十几年的小区，距离华南海鲜市场也就一公里，相距两个十字路口。每年夏天我们都会去华南海鲜市场买螃蟹吃，当然，野味不沾。这里人多，密集，很多车辆时常停在那儿送货、卸货。加之挨着汉口火车站，人流量大，所以每天早上都很堵车。

1月中旬看到整个华南海鲜市场被封时，我还觉得经济损失蛮大的，因为很多武汉人都会去那里采购年货。现在想来，很是后怕。那时不戴口罩就出门，传染风险很大，即便不经过华南海鲜市场，也要穿过旁边的武汉市中心医院——距离华南海鲜市场最近的医院，也是最早收治新冠肺炎患者的定点医院之一。

往年春节，我们一家人都会在外面的餐厅吃团圆饭，长辈们提前几个月就会订好餐位。正月里，大家挨家挨户地串门拜年。今年春节，这些活动都被取消了。1月中旬，妻子就经常提醒我要做好防护，跟我讨论春节还是否在外面聚餐。1月20日，新闻报道病毒存在人传人现象之后，戴口罩的人越来越多。

华为公司湖北代表处开始给每位员工发口罩，建议大家每天更换两次。年夜饭、内部聚餐、客户聚餐，都取消了。

1月20日前后，我们开车去超市采购，发现货架上已经没剩多少东西了，只好买了些速食和水果之类。当时想着可能会有好几天不能出门，但没想到病毒的影响那么大。前段时间我们还戴着口罩出门，到小区门外的超市买东西，最近一周连小区门都不敢出了。一些业主临时组建了团购群，大家组团买菜。每天，送货师傅把食物送到小区门口，告诉我们取菜时间，我们就按时下楼排队，每人间隔一米，一个一个地领。

小区里会定期消毒，楼道里、电梯里，包括电梯按键，都会有专人拿84消毒液进行消毒。整个武汉市开始拉网式排查，每户都要上报体温。

我是武汉人，在武汉生活和工作了几十年。我很喜欢武汉。这里是两江交汇之地，它包罗万象，是个多元化的城市。武汉人性子直，比较火热，不喜欢拐弯抹角。

听说，湖北以外的很多地方，商业区已经开始营业，外省的同事已经逐渐复工。

我好想念武汉街头的早餐。武汉的早餐不止热干面，还有豆腐脑、油条、豆皮。疫情总会过去。到那时，我要好好大吃一顿，带着家人去公园里转一转。

最近的气温好像回升了。这个温度是最舒服的，不冷也不热。去晒晒太阳，多好。

重症病房里 80 岁老人的爱情
@ 武汉

> 口述：冯云（新冠肺炎患者家人）
> 图片：引宏
> 执笔：正云
> 记录时间：2020 年 3 月 22 日

我的爷爷冯保会今年 88 岁，奶奶李绍华 83 岁。他们属于这次疫情期间最容易被病毒感染的老年群体，同时也是武汉无数交叉感染案例的亲历者。

幸运的是，两人在鬼门关转了一圈，又完好地回到了人间。这其中既有他们相濡以沫的力量，也得益于家人和医护人员的悉心照顾。

在武汉市汉口医院呼吸科七病区，爷爷拎着吊瓶颤巍巍地走到另一个病房给奶奶喂饭。他把花甲肉一颗颗地拨出来，放在纸杯里，再慢慢喂给奶奶，像照顾小孩儿一样。他用武汉话哄着眼前的爱人，希望她再多吃一点。

同病房的病友把这些举动拍成了视频，发布到了网上。耄耋之年的爱情一下子感动了很多人。

我家的第一个新冠肺炎患者

奶奶患有阿尔茨海默症，生活已经不能自理。

奶奶有五个子女，我父亲冯世满排行老四，今年 57 岁。我也早已成家，有了妻儿。

父母和我们都住在离爷爷奶奶家三公里处的一个小区。由于爷爷奶奶年事已高，父亲每天都会去帮他们准备一天的饭菜。

奶奶虽然患有阿尔茨海默症，但还能认得我父亲，也喜欢跟我父亲聊天。

1 月 14 日，我开车带着母亲、妻子和孩子一起去东莞过年，我父亲一个人留在武汉照顾爷爷奶奶。每天早上，父亲都会带着母亲去菜市场买菜，再去小区里转一转、走一走，然后上楼做饭。

1 月 17 日，父亲感到身体不舒服，一量体温，38.4 度，在社区医院连续打了三天针也不见好转。与此同时，我在网上看到新冠病毒可能存在人传人风险的消息。

1 月 19 日，我给父亲打电话，让他少出门，出门要戴口罩，然而父亲说其实自己已经连续发烧好几天了。

1 月 20 日至 22 日，父亲在我的催促下先后去了武汉市中心医院后湖院区、161 医院和汉口医院，最终被确诊为新冠肺炎，并正式在汉口医院入院诊疗。

当得知父亲已经被传染，我一夜长途跋涉，带着母亲从东莞开车回到武汉，到达汉口医院。

幸运的是，1 月 27 日，父亲治愈并出院了。在家隔离期间也进行了严密的防护，以免发生家庭聚集性传染。

爷爷奶奶均被传染

我此前就担心过父亲可能会把病毒传染给爷爷奶奶，回武汉后也特意去爷爷奶奶家探望，没发现异常情况。

1月28日晚上九点，爷爷突然打来电话，说奶奶坐在地上几个小时都起不来。我赶过去后，看到奶奶躺在地上瑟瑟发抖。一测体温，奶奶39度，爷爷38度。当晚十点，我带着爷爷奶奶来到汉口医院。奶奶意识全无，属于重症。我把奶奶推进了抢救室，医生量了血氧值，不到70，并让我做好心理准备。爷爷也做了CT检查和血液检测，基本可以确诊为新冠肺炎患者。

过去几天，我因照顾父亲在各医院间奔走，了解到治疗新冠肺炎患者的物理方法之一就是要不断地吸入高浓度的氧。爷爷现在住不进去医院，回家又没有高浓度氧气，我只好从医院借了两张长条椅，又回家拿了床单和被子，让爷爷奶奶睡在医院等。终于，他们都挂上了氧气瓶。两位老人就这样在医院里度过了八九天。

由于奶奶要换尿布，我只好叫姑妈来医院照顾奶奶。我每天都去医院给爷爷奶奶送三餐，由爷爷负责喂给奶奶。

我还安慰爷爷奶奶，说父亲已经出院了，只要加强营养，不断吸氧，肯定能熬过去。

2月4日，爷爷奶奶的核酸检测结果出来了，奶奶是双阳。当天上午九点，护士长把奶奶推进了隔离区。之后，我也去做了CT检查。后来医生告诉我一切正常。

奶奶被隔离后，爷爷吵着要回家。他觉得老伴儿不在身边，他一个人也不想留在哪里。但是我坚持让爷爷继续待在医院，等待住院。

2月5日，爷爷终于被收治入院。我开始在家进行自我隔离。

患者吸收的营养多一点，康复机会就会大一点

奶奶被送到广东援鄂医疗队负责的病房里时，基本属于昏迷状态，根本吃不进一点东西。一侧肺基本全白了，另一侧肺也白了一部分，血液指标不好，贫血，营养不良。

郅敏大夫是中山大学附属第六医院消化内科的主任医师。她所在的第二批援鄂医疗队有39个医生和98个护士，都被派到了武汉市汉口医院。

郅大夫回忆道，当时奶奶属于该病区的典型案例，奶奶所在的呼吸七病区累计收治的150名患者中，超过60岁的就有84人，大量的高龄患者都跟奶奶一样吃不下饭。

郅大夫觉得，不能让病人再这样持续下去了，如果患者吸收的营养多一点，康复机会可能就会大一点。于是，她把自己的营养粉送给了奶奶。

虽然爷爷的症状比奶奶轻，并住进了普通病房，但因为年纪太大，也被医生建议喝营养粉补充营养。

爷爷说"乖，吃饭"，奶奶便张口吃

爷爷奶奶住在同一个病区的不同病房。即便爷爷每天都要打针，但每天早中晚都会守护在奶奶的床边。

有一天下午一点，护士看到还在输液的爷爷起床后一手输液袋，一手握着一个纸杯，颤颤巍巍地走向护士站的另一边去热饭，然后把自己餐盒里的花甲拨开，取出花甲肉，以及另一份炒鸡蛋，一起放入纸杯里，又走到护士站的另一边病房，不见了踪影。

护士还发现，爷爷为了半夜起床去看奶奶的被子盖好了没有，经常会穿着厚厚的外套，半卧姿势躺着。

护士给奶奶喂饭时，她不吃；爷爷来喂，她才张口吃一点。她对爷爷很依赖，爷爷说"乖，吃饭"，她便张口吃。

每天爷爷给奶奶喂完饭，自己才开始吃饭。他们胃口不好，一盒饭往往足够两个人吃。为此，医生都要再让他们每天额外喝四五杯营养粉。

一星期后，奶奶从重症监护室转到了普通隔离病房。有一次，郅敏大夫去查房，爷爷如报喜一般地说，她今天可以自己坐起来，还吃了一个馒头。

爷爷跟医护人员说："奶奶年轻的时候很能干，比我会聊天，比我识大体，家中里里外外都是她料理，为家里做了不少贡献。她现在病了，我不能不管她，做人要讲良心。"

在我眼中，爷爷一直是好男人的形象，奶奶则是个女强人。爷爷年轻时在造纸厂当顾问，奶奶年轻时一个人照顾全家。家里的事情基本上都是奶奶说了算，爷爷只负责工作，但两人感情非常好，从来不吵架。后来，奶奶患了阿尔茨海默症，早些年经常外出走丢。有一次奶奶走丢了48小时，家人报警，到处找，后来奶奶被人送到派出所我们才找到她，当时爷爷急得不得了。

父亲说："以前都是我母亲照顾我父亲，现在反过来了，我父亲学会照顾我母亲了。"

2月26日，88岁的爷爷和83岁的奶奶终于要出院了。快走出医院的时候，爷爷对奶奶喊道："李绍华，没想到你也有今天吧？你居然可以出院？"

所有人都笑了。3月12日，爷爷奶奶去医院复查，进行核酸检测，检测结果为阴性。3月16日，进行了第二次核酸检测，结果仍为阴性。

他们终于熬过了这个冬天。

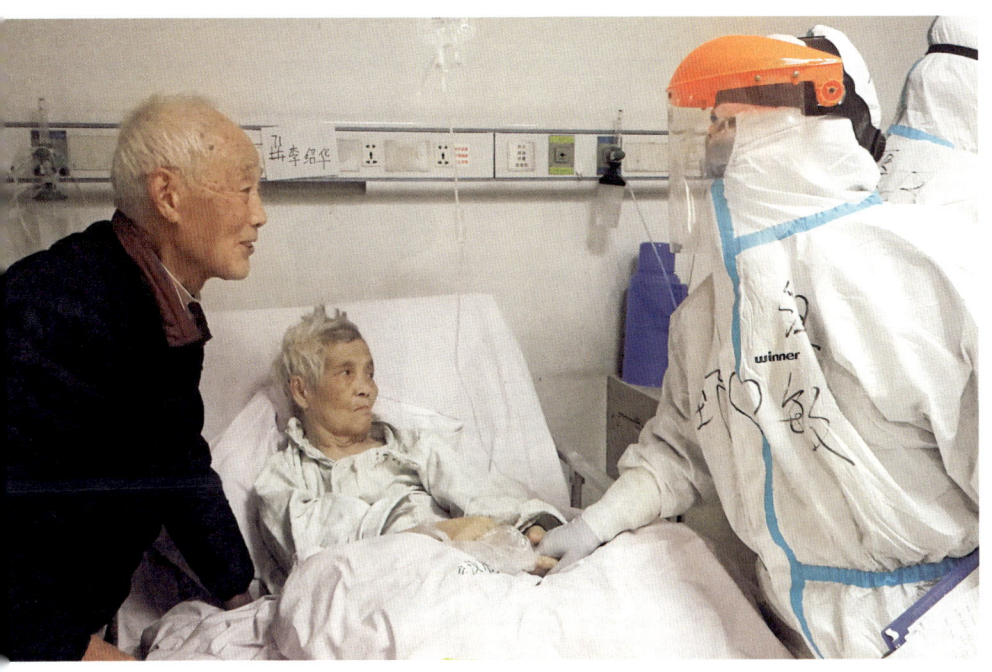

郅敏大夫看望我的爷爷奶奶。

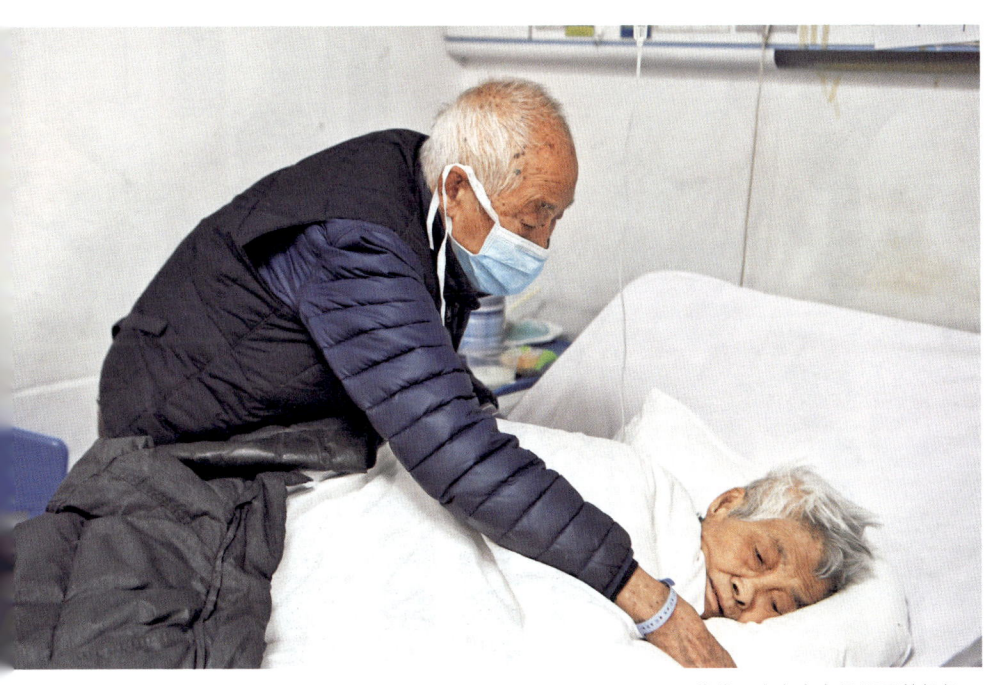

爷爷一直在病房里照顾着奶奶。

第一章 | 人在武汉

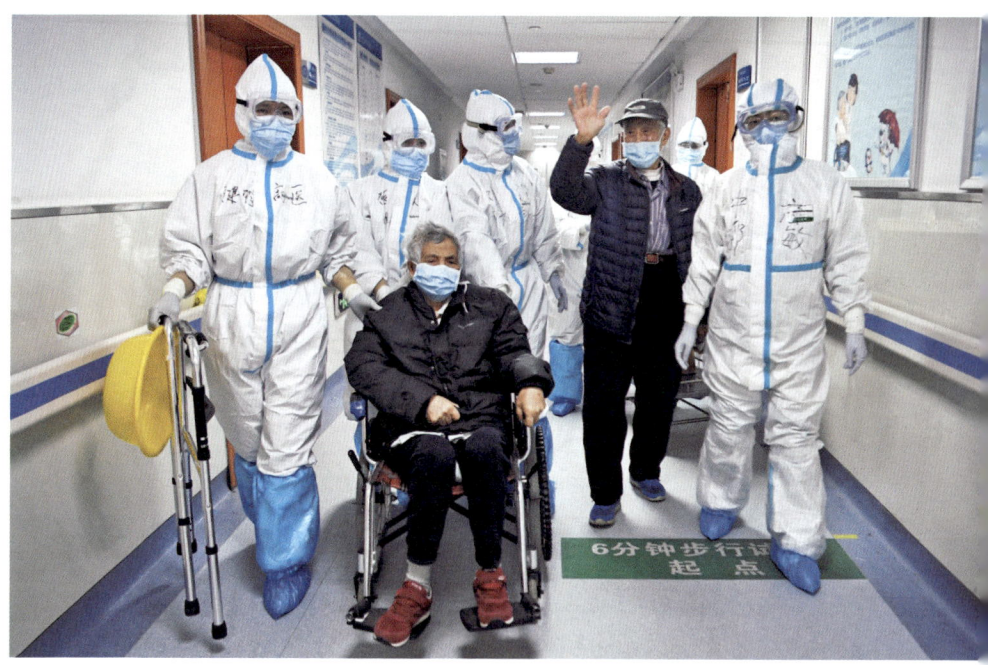

出院当天，奶奶在病区走廊里试着走了一段路，爷爷一直在旁边小心陪护着。

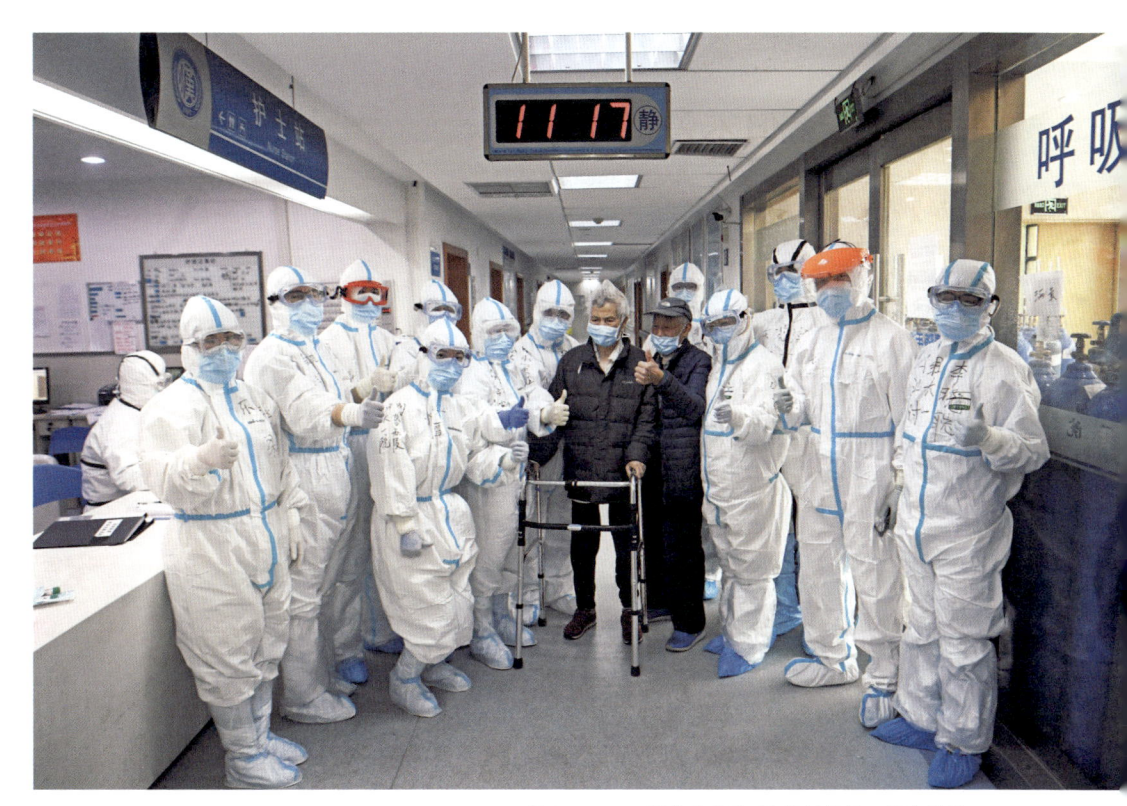

2月26日，88岁的爷爷和83岁的奶奶一起出院了。

曾被感染，但不曾退缩

@ 武汉

> 口述、图片：冯佰仟（武汉同济医院护士）
> 摄影：李隽辉（摄影记者）
> 执笔：徐燕倩、孙佳怡
> 记录时间：2020 年 3 月 23 日

今天，是武汉"封城"两个月的日子。两个月以来，武汉 900 万人民经历了人生中最难忘的时刻。这些日子将留存在一座城市的记忆之中，永不磨灭。

在巨大的灾难之中，有一些人没有被病毒吓倒，没有因疫情而退缩。无论是否身在武汉，他们都以自己的方式给这座城市以关爱，给这座城市中的人们以信心。是他们，陪武汉一起走过。

春天已来，"解封"的日子还会远吗？

我第一次意识到，疫情就像一场战争

我是冯佰仟，今年 31 岁，吉林延边人。

我是在湖北荆州上的大学，护理专业，毕业后去了武汉同济医院实习，之后转正，成了这里的一名普通护士，工作内容主要是给肾功能不全的病人做血液透析。

2020年是我参加工作以来的第十年。

1月中旬，医院通知我们中心的一位医生去发热门诊值班。医院人手紧缺，他得在血液净化中心和发热门诊两头跑。这时我第一次意识到疫情的不同寻常。

我心里有些怕。面对自己完全没把握的未知事物，总会有些恐惧的情绪。

1月23日（腊月二十九），那位在发热门诊值班的医生发烧了。医院人手不够，需要我立即顶上。我有个四岁的女儿，家里还有两位老人，为了保证全家人的安全，短时间内我是没法回家了。

朋友劝我辞职，但我真的做不到。如果医生都跑光了，患者该怎么办？

我收拾了些贴身衣物和一些厚衣服，去了医院。临走前只和母亲说，可能会在医院里住几天。

1月27日（正月初三）开始，湖北省人民医院分院被征为专门收治发热病人的医院，这家医院里近六十名需要血液透析的病人被转移到了同济医院血液净化中心。与此同时，同济医院中法新城院区的一名护士长和六名护士也转过来援助，与我们并肩工作。

从那时起，我所在的血液净化中心一共有两名护士长和13名护士。随后几天，中心又陆续接收了从其他医院合并过来的病人。我们这个只有20台血液透析机器的小透析室，接纳了超过160名肾功能不全的病患。

肾脏是人体最重要的器官之一，患者一旦没有按时透析，很可能出现各种严重症状，甚至危及生命。这些患者根本离不了医院。因此，在疫情前期，医疗救助团队还没有赶到时，就算人手紧张，我们也只能拼了。

在此期间，血液净化中心也时不时有病人发烧。

有天晚上，我们快下班时，一位年过四十的病人匆匆赶来。这位病人平时就有呼吸不正常的症状，再加上有鼾症，每次血液透析时他都需要吸氧才能完成。但是，护士长还是让他去拍个胸片看看情况。

胸片的结果需要等一两个小时才能出来。我很紧张，就一直守着电脑等结果。

"护士长，你快看，他肺上已经有了。"病人胸片上显示有白肺。

当时血液净化中心承担的只是普通病患的治疗，而且这一百多个病人原本抵抗力就很差，一旦被传染，后果不堪设想。

我第一次意识到，这是一场"战争"。

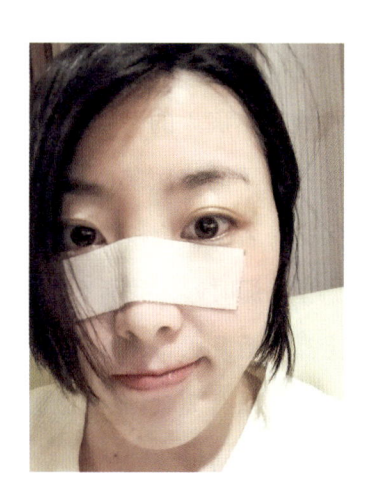

有一天我忘记贴鼻贴，穿防护服期间鼻梁被压破了皮。

加入"护肾小队"

1月份的最后两天，血液净化中心的护士长倒下了，住进了病房。

2月1日，护士长让大家都去做核酸检测，不久便得知有几位医护人员也被传染了。

我反而没有那么惊慌了。我意识到，这就是我的工作，可能会有高风险，但我比普通人知道的总要多一些。

集体检测两天后，我发现自己的身体有些不对劲儿。

2月4日，我正在拼起来的凳子上午休，醒来时觉得有些冷，还伴有头疼。护士长立刻让我休息。

洗完热水澡，我还是觉得冷，当天就发烧到了38.8度。接下来的两天，头昏昏沉沉，还拉肚子。

第三天，烧退了。但我还是去医院拍了胸片、化验了血。为了避免接触性传染，我自己给自己抽血，手一直在抖。

我的核酸检测结果呈阴性，但肺部和血液都有问题。按照诊断标准来看，已经确诊。当时医疗资源特别紧张，我的症状比较轻，于是便自行回宿舍隔离休息，每天按时吃药。直到2月下旬，我都没有出过宿舍的门。

隔离的日子很漫长。同事们每天都会把饭盒挂在我的门把手上，等他们走了，我才开门去取。

隔离一周后，我有时感觉晚上时胸口像压了块石头，但我没有太当回事，每天坚持喝大量热水，捏着鼻子喝下有鱼腥草味道的中成药。

慢慢地，我好了起来。

到现在为止，我还不敢告诉家人自己的这段患病经历。我是独生子女，怕他们担心。隔离期间，每天晚上和他们视频时，我都会装作工作后很累的样子。

有一天晚上，母亲问我："你怎么和别人的脸不一样？别的医护人员因为戴口罩都把脸给勒坏了，你怎么没有？"

我当时被问得有些懵，但马上撒谎道："一直都有口罩勒的印子啊，睡一会儿就没啦。"

面对家人的担心，我会选择撒个小谎。母亲每天都会和我视频一两个小时。我一直告诉她："您放心！我肯定没事！"

2月底，我觉得自己完全恢复了，便加入了拯救危重病人的一线团队——"护肾小队"。

这个小队成立的目的，是用血液净化的技术阻断病人体内由于新冠病毒而引起的炎症风暴，除此之外，还需要收治肾功能不全者因感染新冠病毒而转成的危重病人。

我告诉女儿，妈妈是在和病毒"打仗"

当时武汉的疫情正值最紧张的时期，危重病人多，很缺医护人员。在我加入之前，"护肾小队"已经连续工作了十多天。我想，既然自己身体已经恢复了，那就干脆上一线吧。

从那时起，我每天早晨七点多从光谷院区开车去中法新城院区。吃完早饭，我和同事们会戴两副口罩、戴眼罩，戴帽子把两只耳朵都遮住，穿上三层防护服。防护服密不透风，让人行动不便、闷热难当，说话声音也嗡嗡作响。

上午九点三十分，我们会经过五道门，进入污染区的ICU内。每道门、每个缓冲区，对我来说似乎都有一种无形的压力。我的工作是密切关注危重病人的生命体征，随时记录仪器运转情况，关注病人的体温，等等。为了保证工作时间，一般下午四点左右我才从ICU出来，和同事做交接。

虽然一开始会有些压力，但习惯以后，跟平日上班流程别无二致。只要防护到位，也不会出什么问题。

光谷院区ICU里曾有一位86岁的老太太，她第一次做插管和CRT治疗时是我处理的。她用了很多药和镇静剂，还戴着呼吸机，整个人处于昏迷状态。连续治疗几次后，她终于醒了，虽然身上插的管子很多，不能开口说话，但能够通过点头、摇头来回应。眼看着输液泵撤掉许多，她慢慢好转的样子，我觉得自己的工作没白干。

3月开始，医疗救援队陆陆续续就位，"护肾小队"的人员已超过30人。我们终于有了点休息时间。

疫情比较严重的时候，我看到很多医护人员在防护服上写上自己喜欢的明星的名字，并拍好照片，在微博上@他们。在我们病房里也能经常见到这样的瞬间，大家都觉得很解压。本来我也想写，我喜欢朱一龙，但我请同事帮忙在我防护服背后画点什么的时候，她们笑着说："哈哈，别为难我了，我可不会画。"

下班以后，我喜欢去光谷院区逛逛，因为那里有个吉祥物，是只小猫咪。我喜欢和它玩一会儿，给它喂水喂食。上下班路上的花儿和猫，都挺治愈。

情况在慢慢变好，但我还是会想念我的女儿。和她视频的时候，我对她说，想捏捏她的脸，抱抱她。

她问我："妈妈，你为什么不回家呀？你住在哪里呀？我也好想去你那里住呀！"

我回答女儿："妈妈在和病毒'打仗'。等我们把病毒都消灭了，我就可以回家跟你一起住啦！"

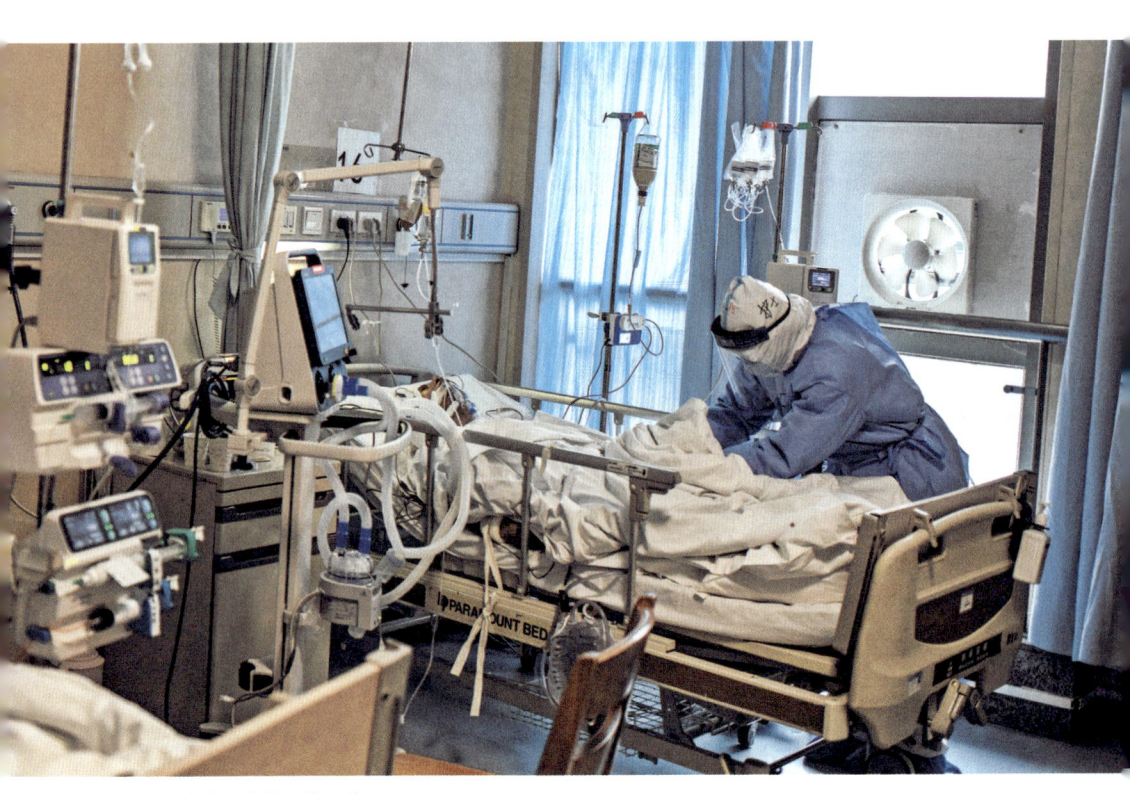

ICU 内护士们的日常工作。

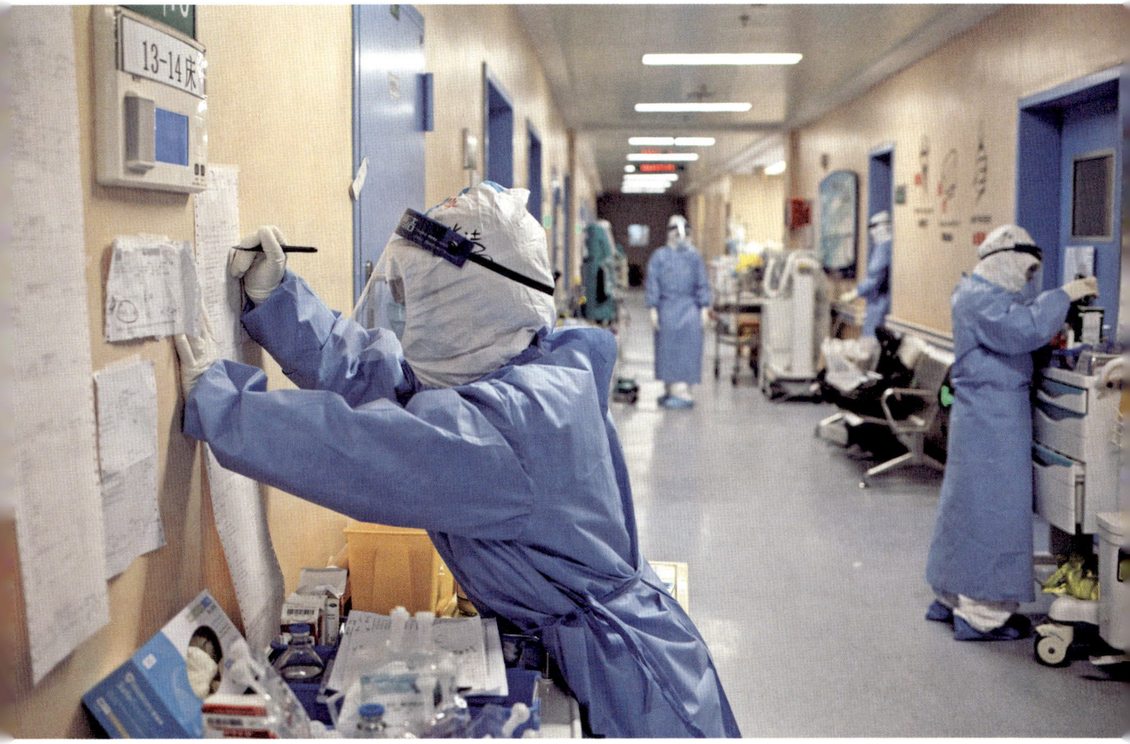
13-14床

做任何事都有风险，
但总有人会站出来

@ 武汉

口述、图片：童亚圣（视频博主、志愿者）
执笔：徐燕倩、孙佳怡
记录时间：2020年3月23日

我叫童亚圣，湖北天门人，1990年生。

从上大学开始，我就一直待在武汉。做过很多工作，后来成了一名视频博主，记录疫情下的武汉，以及奋战在一线的医护人员。

1月23日凌晨，武汉公布了上午十点"封城"的消息。中午，我准备开车去黄石，跟家人汇合后回天门过年。路上有许多警车，很多车主排着队等着做体温检测。除此之外，还有很多人在雨中步行，都想离开武汉。当时的场景带给我很大的心理冲击，我从没想过这座城市会突然变得这么陌生。

那时，我才真正意识到疫情不太妙。240公里的路程，我开到一半时，决定返程。

我选择留守武汉。

不会因为害怕就不做了

为了回家过年,临行前,我连最后一颗鸡蛋都吃掉了,只剩下几包方便面。幸好,我认识的一个租客是卖菜的,就去向他买了特别多的菜。

这是我人生中第一次独自一人过大年。

1月30日,我的视频合作伙伴霍霍来找我,说有个地方需要有人帮忙运送医疗物资,我立刻答应下来。

仙桃是整个湖北的医疗物资生产基地。我们这次的任务是去那里把2000套防护服运到武汉,并分发到四个医院。因对接双方都给我们开具了证明和资质,一路上过关卡时都比较顺利。

这是"封城"以后我们第一次出城,也是我离家人最近的一次。家人问我,离这么近,要不回家来看一下?我说,不行,因为现在是特殊时期。

1月31日,我们按照约定将物资送至武汉第四医院。路过发热门诊时看到那里站着或坐着二三十位老人,他们拿着病例一句话都不说。这场景,我至今无法忘记。

到了办公楼,我们给对接物资的医生打电话,交接医疗物资。

过去,疫情对我而言可能是一些数据,但真正目睹这些真实场景的时候,心理冲击还是挺大的。这让我本能地害怕,忍不住开始担心自己。但我没有因为害怕就不做这件事情。

和我们对接物资的医生,让我触动很深。这位50岁左右的老医生,看到我们把物资送来后,不停地对我们说感谢,说我们是好人,帮了大忙。我从没想过自己能给别人带来这么大的帮助,眼泪都有些控制不住。

送完防护服后，休息了一天，又继续运送其他医疗物资。我们联系了货车，将从江苏南京送来的12吨酒精运送至武汉江夏区疾病防控中心。运送酒精的志愿者们基本都是90后，当时武汉的宾馆都不营业，他们只能住在车里，我跟霍霍给他们煮了点儿水饺吃。

看到他们狼吞虎咽的样子，内心的感激无以言表。他们扛着被隔离14天的压力，开车800公里。

2月5日，我们又从仙桃载着600套防护服送往孝感——当时这里是除了武汉之外疫情最严重的地区。进入孝感时，我们检测了十多次体温，几乎每五分钟就要下车登记一次。

2月10日，我（右一）和我的合作伙伴霍霍（左一）将400套防护服送至武汉协和医院。

有个朋友经济条件不错，跟我说他也想做点贡献，但因为父亲病重没有太多精力。于是他从国外买了口罩，从仙桃买了酒精，又去超市买了苹果和牛奶，独自开车把几十万元的物资送去定点医院。

还有一位安徽的朋友对我说，他也在当地报名了志愿者。

这就是我坚持做志愿者的一个重要原因——用自己的行为影响周围的人，一起参与到救援行动中。

决定用视频记录他们的工作

有一次，一名护士向我求助，让我帮她买一双36码的鞋。我问她为什么要买鞋。她说："我的鞋已经好几天没有干过了。"

原来，她是个近距离接触重症病患的护士，工作期间需要穿多层防护服，不允许身体的任何部位接触外界。防护服又闷又热，时间久了，整个身体就像在水里泡过一样。

从那时起，我决定用视频的方式记录他们的工作，独自一人包揽了拍摄、采访、剪辑、文案、配音等所有工作。

我拍摄的第二名护士，她在父亲病重的情况下依然选择支援一线。她的父亲是个既严肃又慈爱的人。她读初中时，父亲天天从很远的地方来接她，三年如一日。

在她支援武汉的日子里，有一天，她母亲打来电话，通知她父亲身体快不行了。她从医院开了证明准备回家，但最终没有回去，因为害怕把新冠病毒传染给家人。

还有护士会在镜头前向我讲述一些特殊病患的情况。

一位80岁的老奶奶有三个子女。当时奶奶感染病毒时，武汉还

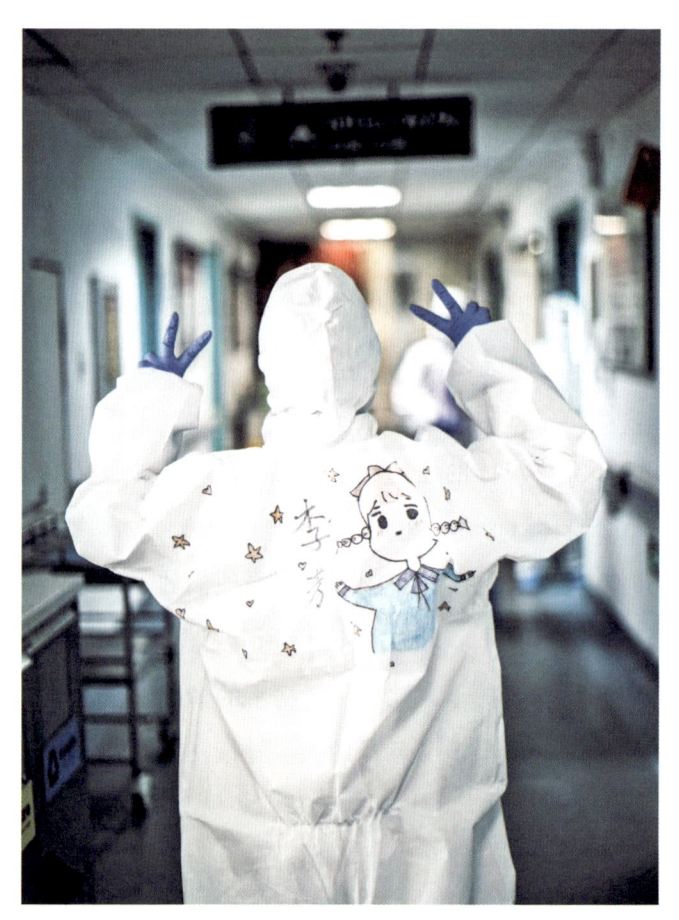

医护人员们都在防护服上写上了自己的名字，画上了自己喜欢的图案。

没有"封城",她特别希望家里人能来探望她,就算是在窗户边打个招呼也可以。她只希望见上一面。但所有子女都拒绝了,还骗她说是因为医院禁止探视。老奶奶心情坏透了,便在医院里砸东西、拔尿管。护士说,她非常理解老奶奶的心情,从来不会带着负面情绪照顾她。

另一位拍摄对象,可能是全国年龄最小的患新冠肺炎的护士(1997年生)。有一天,她突然把自己的微信头像换成了全黑色。我问她怎么了,她回答:心情不太好,因为核酸检测呈阳性。身体恢复正常后,她依然乐观开朗,支援一线时照样无所畏惧。

我想,连小女孩都不害怕,我又怕什么呢?做任何事都有风险,但总有人会站出来。

我们都是武汉分之一。

疫情下的心声，让爱流动起来

@武汉

口述、图片：刘洋（心理咨询师）
执笔：徐燕倩、孙佳怡
记录时间：2020年3月23日

刘洋

我是刘洋，生于1981年，生活在上海，是一名电台主持人兼心理咨询师。新冠疫情暴发以来，我接过很多电话，它们来自全国各地，武汉的最多。每一个电话背后的声音都是那样真实。听着那些悲欢离合的故事，内心油然而生出一种更深的生命敬畏感。

一个令我至今震撼的电话

3月11日，一个来自武汉的电话让我感到非常震撼。

晚上十一点，他打来电话，语速特别快。他说，那天是他在家隔离的第48天。前期，他一直有异常症状，多次去医院做核酸检测，并最终确诊。

他的父亲是名肝癌晚期患者，近期又感染了新冠病毒，因早期医院没有床位，只能在家里隔离，每天半夜都会起来，母亲不眠不休、整夜地陪着爸爸。

他是既心疼又难过。他们全家是回族，人死之后不能火葬，必须土葬，这是传统。但是，疫情之下，人去世了必须得火葬。他父亲非常恐惧，他安慰道："你放心，万一有什么事情，我就是死也要把你背回去。"

后来，武汉政府下达了"应收尽收、应治尽治"的政策，他们一家人陆续得到了有效治疗。后来，一家三口都已出院，在家里慢慢康复。

在自己和父母的求医过程中，他看到了太多的悲欢离合。那时，每天都有很多新增病例。他看不到希望，抱怨、愤怒、焦虑，各种负面情绪袭来。

他不敢跟别人倾诉，害怕别人觉得他矫情，因为毕竟他的家人都完好，而武汉有些家庭，却没有这么幸运。

我一直在听他倾诉，直到他平静下来。我告诉他，究竟是什么让他们一家人过了新冠肺炎这一关？是背后的那份爱。他们在无形当中启动了一份伟大的力量，那是爱的力量。

我让他重新看待这些事，引导他在心底把这份情连接起来，把他的爱流动出来。开始时他说不出"爸爸，我爱你"，慢慢地，他去体会和感受。终于，他做到了。如果没有疫情，他可能永远都不会发现自己有多么爱家人。

他又扩展开来。最初，家人被相继感染后，他只是抱怨医生、社区工作人员，抱怨这个世道为什么这么不公平。现在，重新看待这一切时，他知道大家都需要流动爱。他要把他的爱流动给所有的家人、医护人员、社区工作者，流动给所有他能够接触到的人。

他说，整个武汉，真的太需要流动爱了。

武汉人的情绪变化

六年前，我成为一家心理关爱中心的志愿者。

2020年1月30日，中心成立了心理支持热线。我也是从那天开始接求助电话的。

我们在社交媒体平台上留下不同接线员的手机号、微信号、固定电话号码。当求助者打电话来的时候，接线员再把求助者分配给值班的心理咨询师志愿者。

2月2日，在心理热线的基础上，我们又成立了一个"生命关爱特别"小组。这个小组的志愿者会主动给求助者，特别是武汉的求助者打电话，主动给他们提供心理帮助。

我本身是一名心理咨询师，又做过多年志愿者。当这个全国性乃至全球性的公共卫生事件发生的时候，我希望自己能够为此做些什么。虽然我不能冲到前线去，但可以做些力所能及的事，这一点责无旁贷。

我们心理支持热线由43位心理咨询师全天候轮班值守，每个班三个小时，有两三位咨询师。

我的值班时间一般是上午十一点到下午两点，有时也是夜里十一点到凌晨两点。这些时间正好错开我的上班时间。下班到家后，身体上可能会累，但是精神上一点也不疲倦。一旦进入接线状态，整个人都精力充沛起来。

我一般是在家里接咨询电话。凌晨值班时，丈夫会在旁边陪我。他不会刻意做些什么，只是在旁边忙他自己的事，让我心安。我女儿也会陪我，有时候她枕着我的腿睡着了，等到值班结束，我再把她抱回床上。

大部分打来电话的人都是恐惧和焦虑的，但是每个人恐惧和焦虑的又是不一样的事情。

一位母亲，她三岁的儿子得了白血病，之前已经经历了7次化疗、25次放疗，但是治疗因疫情被耽误了。她很怕，本来已经好转的病情就这样中断，不知道该怎么办。

在电话里，我听见那个孩子的声音非常洪亮，他一直在旁边和姐姐打闹玩耍。

她说，孩子特别调皮，他第一次化疗之后蔫儿了一阵子，康复一段时间后，又调皮活泼起来。

我体会到这个孩子有一种非常强烈的要好起来的愿望。我也引导这位母亲跟她的孩子来流动爱，告诉孩子：妈妈爱你，妈妈相信你，你一定会好起来的。

她说，之前很长时间里她都特别焦虑，现在终于可以渐渐平静了。

我们的"生命关爱特别"小组主动打去武汉的电话比较多。疫情风暴中心的人，情绪变化有一个曲线。

我们渴望穿过绝望找到背后的那份希望，让他们可以看到一束光，挺过那段艰难的时间。

等到方舱医院建好，重症病人住进定点医院，轻症患者住进方舱医院，疑似病人进入集中隔离点，"应收尽收、应治尽治"，武汉人的情绪慢慢有了变化。

爱比死大

还有一些求助者,说自己有咳嗽、胸闷等症状,担心是不是也被感染了。我跟他们沟通后发现,有些人是受过往经历的影响。比如有位求助者在他刚刚成年的时候,父亲去世了,这次疫情深深勾起了他的回忆。

疫情过后,那些失去亲人的人们、由重症救治过来的患者可能需要较长的时间来进行心理修复。对于每一个人来说,创伤的经历都是一段艰难的时光,需要及时干预和开导。我很希望他们可以主动寻求各种各样的求助机会。

爱比死大。那些失去的家人、朋友,虽然以后见不到了,但他们的爱都深深地存在你的心里,存在你的生命里。在内心深处把这份情深藏起来,带着这份爱活出更多人爱的模样来,这才是失去的真正意义。

我希望告诉所有人,在这样一次巨大的风浪中,爱是救赎。

城门开

@ 武汉

图文：王启明（导演）
记录时间：2020 年 4 月 8 日

　　2020 年 4 月 8 日，武汉"封城"76 天后，大门终于打开。据武汉市交通运输局预计，"解封"当天，6.4 万人乘坐火车离开武汉，3.9 万人则乘坐火车抵达武汉。

　　在过去的这段时间里，我作为土生土长的武汉人，经历了武汉"封城"、小区封闭、姑妈确诊、自我隔离、全民哀悼、武汉"解封"……

　　以希德·菲尔德（Syd Field）的"三幕剧结构"（第一幕：建制；第二幕：对抗；第三幕：结束）来看，4 月初，《2020》这部人类史诗大片正好演完了它的第一幕。

　　作为"影片"里的一名真实"演员"，我决定为大家展示我的部分"剧本"，以及第一幕中一些关键情节。

脱离世界的十天

我在武汉生活了 21 年，然后在北京工作了 10 年。2019 年年底，我和妻子梅琳决定于 12 月中旬回武汉。

想着这次回家过年待得比较久，便带上了我们的猫、乐器、PS4 和许多游戏卡……但是怎么也想不到，我的故乡武汉即将成为 21 世纪人类命运的转折点。

回到武汉后，我的情绪突然变得极不稳定，焦虑、狂躁和抑郁不断地冲击着我。

我之前断断续续练习过冥想，因此便在网上报名了四川都江堰的一个十日冥想课程。第二天，便到达成都。

现在回想起来，如果当时没有离开武汉，我肯定会见各种朋友，参加各种聚会，估计十有八九就被传染了。

按照冥想课程的要求，接下来的十天我不能跟外界有任何联系。那时，我无法预料十天以后重新连接上世界时，世界变成了什么样子。

我选择和我的城市共存亡

1 月 18 日，关于新冠病毒的消息开始爆炸式传播。华南海鲜市场已被关闭，人们开始转发各种关于病毒的消息，恐慌慢慢显现。

1 月 20 日，我和妻子梅琳去药房采购防护用品。当时货架上还有 N95 口罩，我便买了一包。有些顾客为抢购口罩开始推搡、争吵。

带着防护用品回到家后，我立刻组织全家人开了一个"病毒科普防范动员会"，告诉他们尽量不要去人多的地方，出门一定要戴好口罩。

但家里老人完全不在乎这件事情，反驳道："哪有那么严重啊？"他们不愿意接受这个突发事件，更不愿意长时间待在家里。"必须得走动起来！病毒怕莫斯（怕什么）？老子死都不怕！就是不服周（不服气）！"

1月23日，一名拖着行李箱不知要去往哪里的武汉市民。

莫名的恐惧感开始不断袭来，那是一种直击灵魂的恐惧。小说家洛夫克拉夫特笔下的沉睡之神克苏鲁仿佛已被惊醒，并在武汉上空振臂伸了个大懒腰……

我一夜难眠。第二天跟父母吃早饭时，我提议取消今年的年夜饭，去酒店把食物打包回来。最后，他们终于不太高兴地接受了这个提议。

我开车带父母去了酒店。

酒店里人挺多，四成以上的人戴着口罩。有一些家庭跟我们一样，选择取消年夜饭，专程来打包食物。

从那天起，我开始关注有关新冠肺炎的各项数据报道。当日，全市因新冠病毒感染的病例为198例，已治愈出院25例，死亡4例。

当天晚上，我还去了岳父岳母家吃饭。岳父告诉我，近期武汉很可能会"封城"。

第一次听到"封城"这个词时，我便开始脑补各种电影画面。

"封城"前一天，我和家人商量，要不要一起开车离开武汉。后来大家还是决定留下来，共同渡过这一难关，毕竟这里是我们的故乡。我身边的亲友也大都选择留在武汉。

作为一名土生土长的武汉人，我选择跟我的城市共存亡。我觉得，绝大多数武汉人也都是这样想的。这就是这座朋克城市的精神——老子不服周（不服气）。

身边不断有人确诊

大年初一，家里完全没有一丁点儿春节的气氛，网络上不断传来医院里人满为患的视频。

我唯一能做的就是加强防护意识和执行力度。我自制了两套简易"防护服",并制定了一套严格的防护消毒流程,和父母盘点了家中所有的食物和生活用品,定好每三天出门补给一次。

由于新冠病毒易感人群中最多的是老年人,所以每次采购都由我和梅琳来执行,进出家门时都会进行非常严格的消毒。

与此同时,我开始回忆、梳理从回到武汉开始到"封城"这段时间里每天的行程:去过哪些地方,接触过哪些人,哪天是比较危险的……同时,开始做两周内的自我身体观察记录。

从1月20日开始,我的鼻子越来越堵塞,四肢无力,还伴有打喷嚏、流鼻涕的症状。尽管一直都没有发烧,但精神压力越来越大,时刻怀疑自己是不是被传染了。

于是开始一天洗几十次手,花大量时间进行室内消毒,几乎不放过每一个角落。

父母的每一个动作也都在我的监控之下,我时刻监督他们一定要用洗手液洗手,不断地问他们有没有感觉哪里不舒服。

有一次,因父亲没有好好洗手,我跟他大吵了一架。所有人的紧张感已经到达极限。于是,我和梅琳决定开车出去走走,希望我和父亲彼此都能冷静下来。

恐惧感已经完全占领了我们的内心领地,这是一个非常不好的信号。

我做好全身防护后，开车去超市购物。

1月27日，武汉长江大桥空无一人。

第一章 ｜ 人在武汉

母亲的小"农场"

武汉这两天终于开始放晴了，我也找到了身体不适的根本原因——过敏性鼻炎。在北京时也犯过鼻炎，不知为什么偏偏在这个时候发病。鼻炎和新冠肺炎初期的症状实在太相似了，真是把我吓得不轻。阳光瞬间把我的大部分负面情绪蒸发掉了，也给整个家庭注入了抗疫能量。

我家楼顶有一个迷你有机"农场"，30平方米的小空间里种了多种蔬菜瓜果。那是母亲的精神乐园。1月31日，我第一次和母亲一起打理她的"农场"，给菜薹施肥。

我和母亲一起给菜薹施肥。

菜薹是一种武汉人特别钟爱的地方性蔬菜。我不爱吃菜叶，专挑菜茎吃。

母亲跟我说："之前你总让我多种花，别种菜。果然种菜派上大用场了。咱们这个小家庭暂时可以自给自足，不给国家添麻烦。"

中午的阳光特别暖，我有一种恍惚感，仿佛疫情从来没有发生过。空中有一群燕子在相互追逐着，叽叽喳喳好不热闹。

2月2日晚上十一点多，我和梅琳正在楼上看电影，楼下响起一阵急促的电话声。母亲赶紧去接电话。

我有一种不祥的预感，便关掉了电视，仔细听着楼下的声音。母亲突然大叫了一声，随后发出一连串的叹息声。我赶紧冲下楼，父亲也睡眼蒙眬地走出卧室，一家人围坐在电话旁，疑惑地地看着母亲。

我从母亲的眼睛里看到了泪水。

原来，是她的一个好朋友因新冠肺炎去世了，紧接着她的老母亲也走了。一天之内，一个家庭就失去了两个人。

2月3日，噩耗继续传来。梅琳的姑妈也被确诊为新冠肺炎，而且身体状况越来越差。

再黑暗的时刻，也会有一丝闪动的光亮。火神山医院终于建好了，雷神山医院马上也要交付了，方舱医院也开始收治病人了，一切并没有那么糟糕。要学会接受无常的自然法则，要永远抱有希望。

生活逐渐走上正轨

2月13日，武汉所有小区都开始进行封闭管理。从社区到小区，

我家楼下，一个玩具熊在"晒太阳"。

都开始公布每天新增的病例数据。我所住的小区确诊25人，我们这栋楼确诊一人，疑似两人。病毒的触角已经伸到了家门口。

我的抗疫生活逐渐走上正轨。

每天早上，我和父母差不多同时间醒来，然后一起吃早饭。我家作为一个地道的武汉家庭，早饭的品质和花样是相当重要的。我母亲做的热干面和牛肉粉，完全不输给街上任何一家饭馆。

早饭过后，是我的运动时间。楼顶原本有一片堆杂物的空地，我把那块区域收拾了一下，就可以围着一个不到15米长的迷你"跑

楼顶上的迷你"跑道"终于被我跑出了一点样子。

道"转圈跑步了。

我们这栋楼在整个小区里是最矮的一栋。我每次跑步时，四周高楼里的一些居民就会在窗边看着我，有的邻居还会点上一支烟看很久。我感觉自己像一只被关在动物园里的野兽，在自己的领地里不断回旋。

上午十点多，我会再进行一小时的静坐冥想。午饭过后，我会选择看书或看电影。晚饭时，我们会讨论当天的新闻。面对这种重大灾难，政府是我们唯一的信仰。晚饭后，我和梅琳会带上蓝牙小音箱爬上楼顶，放一些欢乐的、有律动感的音乐。我想通过音乐给武汉增加一些生机，让大家感受到我们的城市还有心跳。

春天来了，带来了希望和美好

春天悄悄地来了，这几天天空特别蓝。我已经好久没有在武汉体验过春天了。疫情也随着春天的到来逐渐得到缓解。一切都开始变得美好起来。

3月12日，我和母亲也开始了新一轮的播种。上一季度的菜薹帮助全家人度过了至暗时刻，完成了它们的使命。我们重新翻土、施肥，洒了新一季的种子，品种有番茄、南瓜、豆角和小白菜。

我准备移栽一棵小白菜。

这段在家的日子，让我跟父母的关系拉回到了二十年前那种熟悉的感觉。每天陪他们吃三顿饭，真切观察他们的每一个动作，关注他们每天的身体状态，提醒他们按时吃药，让父亲尝试着戒烟……

眼下，这场病毒暴风已经扩散到了除南极之外的整个地球。韩国、伊朗、意大利、西班牙、美国等国均出现了新冠病毒。而武汉，终于等到了新增确诊病例清零的这一天！

武汉"解封"了！

3月21日，梅琳的姑妈治愈出院，并转到隔离点。

3月25日，湖北除武汉市以外地区解除离鄂通道管控，有序恢复对外交通，离鄂人员可以凭湖北健康码安全有序流动。

3月31日，武汉市内开始有序地阶段性复工，地铁、公交也开始运营，无疫情小区的居民可以凭健康码自由出入，这座城市正在重新运转起来。

路上的车辆明显增加，地铁站的铁闸门也重新打开，路边的行人也变多了。有好几个阿姨拿出手机不断地对着路边绿化带里新生的小花拍照，可能在往年这些小花从不曾被人如此认真地欣赏过。

我终于离开了我那似乎全世界最小的"跑道"，终于可以放肆地在公园里跑步了。看四下无人时，我便摘下口罩大口大口地呼吸空气，这种感觉真是太爽了。

清明节那天，我早早起床，准备去江滩参加哀悼活动。武汉悼念的主会场设在江滩二期的一元广场。九点，我们开车往汉口方向驶去。路上的车辆渐渐多了起来，每个路口都会排起长龙。

3月31日,一支北京援鄂医疗队离开武汉。

4月4日上午十点,汉口江滩二期外默哀的市民。

梅琳说:"我突然有一种什么事情都没有发生的错觉。你有这种感觉吗?"我点了点头。

看着眼前的这一切如此正常、如此熟悉,那些暗黑的记忆仿佛正在一点点慢慢消融,直到彻底被我们忘记。

九点五十分,我们来到位于江边的武汉市政府门前。沿江大道已被清空,警察驻守在各个路口。一位穿便衣的公务人员伸手把我拦住,示意我们不要再往前走了。我们便在原地站好,等待着那一刻的到来。现场的市民都很有秩序地四散开来,表情凝重。

十点,江边传来震耳欲聋的防空警报声,所有人都低下头默哀。轮船汽笛声夹杂着高频警报声,穿越一切阻力,穿越所有维度,直击人的心灵。

这一刻,时间静止,一切都静止了。

4月8日,武汉"解封"了!终于,城门开了!

4月8日,我兴奋地来到小区门口。

12年前她没能去汶川，12年后她来到武汉

@ 长沙

口述、图片：朱恋（湘雅医院援鄂护士）
采访：赵国瑞
执笔：张茜
记录时间：2020年5月12日

朱恋

2020年，新冠疫情席卷全球。对全人类而言，真是艰难的一年。

在与病毒角力的过程中，有一群特殊的人，他们白衣执甲、护卫生命。今天是第109个国际护士节，谨以此文向湘雅医院援鄂护士朱恋及所有曾经和正在抗击新冠肺炎的白衣天使致敬。

女儿不停地问：妈妈去哪里了

回想在金银潭医院的65天，援鄂湘妹子朱恋说："就像在谈论几年前的事一样。"

1月27日，朱恋跟医疗队去了武汉。3月31日，她又

随大部队回到了长沙。在长沙的隔离酒店,父亲为她送去一面锦旗,上面写着:"恋,你是最棒的,老爸为你骄傲。"

4月15日,结束了15天的隔离期,她终于返回家中。当天,婆婆李顺爱特意做了一桌子她爱吃的菜,鱼、肉、鸡都有。朱恋发现婆婆老了很多。她记得在武汉与婆婆视频时,婆婆头顶突然增加了不少白发。"她可能怕我担心她,在我回来前把头发染黑了。"

去武汉的时候,女儿妙妙还剪着齐刘海,回来时,她的刘海长得都能往后扎了。妙妙再见到妈妈时,特别黏人,每天都要抱一抱、亲一亲,"妈妈"变成了她的口头禅。她明明会用筷子,却说"妈妈,我不记得了。"明明可以独立上厕所,却说:"我不会上,要妈妈陪着。"只要朱恋出去一下,女儿就会不停地问:"妈妈去哪里了?"

婆婆李顺爱的头顶突然增加了不少白发。

朱恋失眠已经有两个月了。在武汉时睡不着，在长沙的隔离酒店时也要等到凌晨一两点才能睡着。然而她回家的第一晚，晚上九点半就睡着了，一觉到天亮。

到家当天，朱恋还去了一趟自己的办公室。泡椒凤爪、毛毛鱼、干脆面、咪咪虾条等零食，依然静静地躺在柜子里。那是她原本为春节假期值班时而准备的。

我去了，有可能就回不来了

朱恋并没想到自己能有资格去援助武汉。

1月26日，护士长在群里询问大家时，她就第一时间报了名，但科室里能力强的人太多了，自己未必能被选上。

2008年汶川地震时，她还在上高三，虽想支援，却有心无力。2010年，她进入中南大学湘雅医院实习，进而留院，成为正式员工。2013年雅安地震时，她刚参加工作不久，还比较缺乏经验。2020年，她依然没抱希望，却意外成为中南大学湘雅医院重症医学科支援金银潭医院的五名护士之一。

当天下午两点，朱恋接到电话，得知一小时内要出发。她没想过这么快就走，于是慌乱中将手机充电器和几件换洗衣服，以及几个护肤品小样，塞进一个小行李箱。

朱恋裹着又大又厚的棉服出发了。在等出租车的间隙，她给父亲朱友付打电话："爸，您一定要有心理准备，我去了有可能就回不来了。"

父亲最初并不相信，接着便叫儿子开车去长沙，"看能不能送她一程"。朱恋担心父亲阻止她去武汉，便告诉父亲："不用来送我啦，我已经上车了。"最终，朱友付没能在女儿去鄂前见上一面。

朱友付试着在电话里说服女儿。"你可不可以不要去？你跟领导好好说一下，毕竟你孩子那么小。"他想起女儿七八岁时每天撒娇的样子，跳着喊着让爸爸抱抱她；女儿学护理专业时，解剖尸体，才慢慢变大胆了些。

朱恋告诉父亲："组指派的任务，不能拒绝。"她没有说，这其实是她自己的决定。

"那会儿我爸肯定哭了。我虽然看不到他，但听得出电话里他说话时的鼻音很重。"

早在新冠疫情刚暴发时，朱恋就和丈夫姜尚军聊过援鄂的事。"他说，只要我愿意，就尊重我的选择。"于是，当天晚上六点，她才告诉丈夫自己要去武汉。

姜尚军是一名外科医生，在距长沙200多公里的常德上班。两人相识于2010年的湘雅医院——当时他是一名研二学生，她是一名实习护士。恋爱时，他们基本没看过电影，也很少一起坐在餐馆里吃饭。"他实在太忙了。"朱恋说。有一次，两人约好吃饭，姜尚军却接了个急诊手术。"我一个人坐在奶茶店，等了七八个小时，他还没来。"2013年，两人领了结婚证。

在姜尚军眼里，朱恋是一个果断、有魄力、美丽大方、嫉恶如仇的人。得知老婆要去武汉，姜尚军虽然很担忧，却一直鼓励她："这个坎儿，咱一定能迈过去。"

朱恋反而想过最坏的结果："至少我还有一个弟弟，他可以照顾父母。"

唯一休息的一天

刚到武汉的日子最煎熬。前期人手和物资都不足，连治疗盘、治疗车也没有，病人的尿不湿、卫生纸没地方放，撒满一地，床铺、柜子全摆在了走廊里。朱恋穿的是工业用防护服，"像麻袋似的，超级厚也超级闷。刚开始我还有点不习惯。"

有些医生戴的是工业用 N95 口罩。朱恋总会提醒他们，"ICU 操作中气溶胶很多，口罩一定得确保病毒隔离功能。"由于戴口罩时间太久，朱恋的胸口偶尔会剧痛。

湘雅医院给援鄂医护人员准备了 15 天的物资，包括 N95 口罩、鞋套、防护服等，但朱恋认为，"没到绝境，一定不能动用这些物资"，"不知道明后天会发生什么"。省着用，哪怕在防护服最稀缺的时候，他们也挺了过来。再后来，他们将这些物资全部捐给了金银潭医院。

在支援金银潭医院期间，朱恋曾低烧过三天。她有些紧张，害怕自己被传染上了病毒，赶快做了核酸检测，拍了 CT。

经咨询医生，得知自己其实是着凉了。虽然是冬天，但医护人员在病房里穿上防护服后会非常热，会出大量的汗，全身湿透，但从病房里出来时，脱了防护服，身上便只剩下手术衣，大家都冻得发抖。

向护士长申请后，她休息了一天。"本来想休息两天的，但大家实在忙不过来"。唯一休息的一天，她狂泡脚，狂喝热水，第二天体温就恢复正常。她不敢跟家人说，"我要是告诉家人我发烧了，估计我爸都能走路走到武汉来。"

朱恋曾叮嘱弟弟配合隐瞒，不要告诉父母她在武汉哪家医院。

结果，湘雅医院的动员会在电视上播出后，朱恋的初中同学、高中同学、大学同学以及岳阳的老乡都知道了。这时亲友们才知道朱恋支援的并不是一所普通医院，而是在武汉接收新冠肺炎病人的"风暴之眼"——金银潭医院。

女儿支援武汉的头几天，父亲朱友付通宵没睡。过了两三天，一想起女儿他还是会忍不住掉眼泪。他担心女儿工作量太大，上班还得穿尿不湿，连续多个小时不能吃、不能喝、不能上厕所。

朱恋去武汉的当晚，婆婆李顺爱晚上也没睡着，在客厅里来回游走，不知道做什么。她十分牵挂朱恋的安危，但从不当面落泪，"病情发展最严重的时候，我问她，她也不跟我说"。过了半个月，李顺爱才知道前线的情况。"她有时候和我视频，我说你眼睛两边怎么有印子？她说是因为天天戴口罩。"朱恋笑着说，戴N95，鼻梁高的人最吃亏。

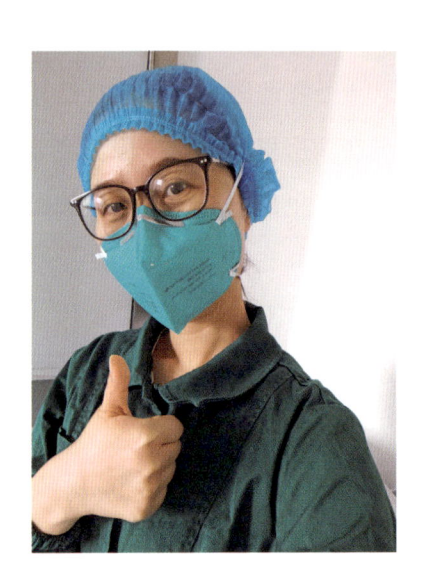

朱恋在金银潭医院。

可以接受死亡，但感到孤单

轻症或普通病房，一名护士要管四五十人，但重症病房，一个人管四五个病人就已达到极限。去之前，朱恋没想到会如此惨烈，缺少时间过度的她，第一天就情绪失控，哭了。一起去的五个护士都哭了。金银潭医院缺人手的时候，朱恋每天工作十个小时，两班倒，一个班只有一个人。

来武汉后，失眠成了常态。四点上班，她有时凌晨三点还没睡着。"直接爬起来，啃一个馒头，然后赶三点二十分的班车。"朱恋还找过医院的心理医生，听了几首助眠的音乐后，她对医生说："这些音乐唱得像青藏高原一样，我越听越清醒。"

简直达到了人生巅峰

随着援鄂医护人员的数量越来越多，朱恋每天的工作时间缩短到了五六个小时，但失眠症状仍未好转。

"我们的排班顺序是不固定的，每天都在上班，有时候是上午，有时候是下午，有时候是半夜三更。"

护士不止照顾一个病人。有的病人要打免疫球蛋白，有的要输血，有的要打静脉注射的药，有的要用抗生素，有的要复位治疗……机械通气的病人会腹胀、便秘，要给他们灌肠、通大便；晨间护理时要给病人刷牙，吸管、插管的病人每次刷牙至少得半小时，要换气管插管的套件、贴膜和口塞；还要给他们洗脸。床要擦，被要叠，各种导线要整理。每个护士负责一台 ECMO 机、两台血滤机，要给病人做灌流，要采集血培养和痰培养标本。

"感觉自己简直达到了人生的巅峰状态。"

朱恋只花了一天时间便学会了血滤机的使用，若在平时估计需要一个月。

抢救的故事

最初几天，抢救病人时，她习惯左右求助，但没人呼应她，连找对讲机求助的时间也没有，全靠自己。湘雅医院重症监护室设有亚专科小组，分工明确，但在金银潭医院，整个抢救过程中朱恋从未接受过他人的帮助。

有些人偶尔会调侃朱恋的"塑料普通话"，调侃她浓浓的长沙口音，"呢""了"不分。对于别人的调侃，朱恋觉得"那些瞬间太难能可贵了"。

朱恋照顾的对象通常是组里最危重的病人，要么是气切病人，要么是昏迷患者，总之他们一句话也说不了。

她是同组里送走病人最多的护士，粗略算了一下，有六七位。"这些患者都是我自己负责的，还有一些是帮同事处理的，就更多了。"

朱恋替逝者换衣服、整理物品，从一堆物品中把证件、手机和钱留下，然后全面消毒。全程没有人帮忙，都是她独自处理。

"对于抢救和死亡，我不觉得难以接受，但当一个人默默做这些事时，还是会觉得孤单。"

一个老爷爷和一个老奶奶同一天入院，分住在两个病房里，中间隔了一堵墙。朱恋取午餐时，老奶奶请她帮忙看一下隔壁的老爷爷吃了没。那时，她才知道他们是夫妻。

老爷子的身体每况愈下。"虽然给他做了插管治疗，但当时几乎没有病人能成功脱管。"夫妻俩一起入住医院，一个越来越好，一个却没能走出去。

"我想尽快把队友换出来"

由于作息不规律，以及打了提高免疫力的胸腺肽，朱恋的例假推迟了半个月后突然来了。她向组长申请更换防护服，但当时组里只剩有一套，是留给收治病人的医生用的。朱恋得知后立马说"不需要了"，硬是站着完成了一天的工作。

"站着舒服一点，坐着难受。那天应该是我这辈子最囧的一天。"

其他事都能忍，但生理反应忍不了。在病房里，她与病人得大声沟通，持续说话却滴水不能进。朱恋渴到一看见输液瓶就想喝里面药液的地步，"感觉自己就像是一个迷失在沙漠中的人"。

走在病区外的走廊里，朱恋总嘟哝着："百香果蜜、柠檬、梅子、雪碧……百香果蜜、柠檬、梅子、雪碧……"讲这些会产生口水。不这么做，她坚持不下来。

有时，她也感到委屈。"当时为什么一根筋地要来这里？"大过年的，同事们在家烤着火、看着电视、嗑着瓜子，这里却闷热得很，天天想跳进冰水里。

朱恋每天念叨着下班要吃一个冰淇淋，"可是酒店楼下的超市没有冰柜"。有些人念的是孩子，有些人念的是父母，"我没出息一点，只为了下班那口吃的。"

进病房前，朱恋没有一次惦记起父母和孩子。"他们暂时都在我脑海之外，只能怪我自私。"

每次换好防护服，她就急忙冲进病房。因为待在里面的每一分钟都很难熬，"我想尽快把队友换出来"。

"妈妈，你能不能不要老？"

许多难忘的瞬间，不一定发生在病房里。志愿者得知医护人员没有饭吃，主动送去盒饭；得知他们经常吃冷饭，又送去了微波炉。

"人家都给你送到心坎上。"

酒店也很贴心，厨师会在群里问大家想吃什么菜。朱恋有次留言："好久没喝猪肝汤了。"酒店很快就给安排上了。

在武汉，除了上班，朱恋基本捧着手机，与家人视频。一个人吃饭无聊，她便在饭点时与父亲视频，给他拍吃了什么菜。

工作之余，朱恋不串门，也不跟其他人聊天，就在房间里发呆、洗衣服、左擦擦右擦擦，连电视机都没打开过。

"回想起来，那会儿我都不知道自己做了些什么，可能大多时候是在睡觉，因为上班实在太累了。"

朱恋和丈夫通话时间多一些。两人同时对着手机，但都不说话。"他忙他的，我听一听家里的声音就好。"朱恋靠这种方式助眠，天天如此。

"每隔半小时，丈夫就在电话那头轻轻唤我一下。如果我没反应，他就知道我睡着了，可以挂电话了。"有一次，两人就这么互相听着，一直到凌晨五点；还有一次，断断续续聊了380分钟。

因为太久没回去了，朱恋便在网上给女儿买了礼物。"至少让孩子觉得妈妈还在关心她呀，所以想给她一点小惊喜。"

看到女儿学会独自穿衣后，朱恋既开心又难过。婆婆说："一个多月，小孩儿长大很多。"

婆婆炒了竹笋，做了香肠，腌了萝卜条，做了剁辣椒，托医院的领导给朱恋带去武汉。

朱恋带的护肤品没多久就用光了，只剩下一支护手霜，用来涂脸都不够。"脸上又爆痘又长斑，每次视频时都跟家人说我老了五岁。"

女儿妙妙听到后，倒是急了："妈妈，你等一下我，你等我长大了一起用口红。你能不能不要老？"

与女儿视频时，朱恋总许诺："妈妈快回来了，妈妈快回来了。"以至于后来妙妙都不怎么相信她说的话了。

3月31日，朱恋随大队坐高铁返回长沙。"我说，妈妈回到长沙了。女儿问，能见到妈妈吗？我说，还得再等一等。"

原来自己可以做那么多

出发时，朱恋穿着厚棉衣；回来时，已经到了穿T恤的季节。那件唯一的黄外套被她留在了武汉。"洗也不方便洗，干脆丢了算了。"

在金银潭医院的日子里，她穿着队服；回长沙那天，她也穿着队服——一件后背印有"中国卫生"的冲锋衣。

与家人通话时，被问得最多的一句话就是"什么时候回来"。离开金银潭医院的前一天，朱恋接到回家的通知后第一时间告诉了丈夫。她还做了计划：回家后抱着孩子睡一个月，然后美美地化个妆，带着家人从街头走到街尾。

抵达长沙后，朱恋与同事们在酒店隔离了15天。或许是离家近的缘故，她有些待不住。"隔离的时候特别想早点回家。"

从下高铁开始，朱恋便觉得轻松了很多。"特别自在，不像在武汉时担子那么重。"那是不可复制的65天，但它已经代表过去。

"普通人的一生真的很平凡，每天重复同样的工作，难得有机会亲身参与一次重大的历史事件。事后发现原来自己可以做那么多。"

载誉而归后，医院、社区都送来了花。朱恋摆放花束时发现一张卡片，上面是丈夫姜尚军写的字，大意是：致敬英雄天使，吾爱妻朱恋女士，愿天天阳光，天天开心。

父亲称女儿朱恋为"小英雄"。她回长沙的当天，他悄悄去了酒店，并给女儿送上一面锦旗。望着平安归来的女儿，父亲泪湿双眼。

朱恋反而很淡定，"他们觉得我做了一件危险的事，一件常人不敢做的事，带着看英雄的眼光看我，但其实我做的是自己的本职工作，只不过比平时累一点而已。"

朱恋回家后,丈夫送来一束鲜花。

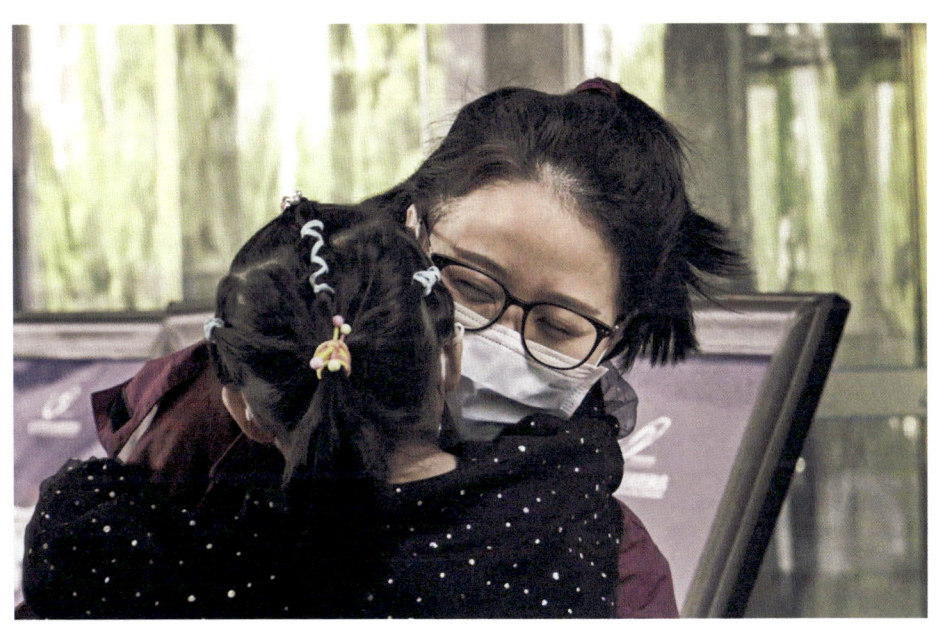

紧紧地拥抱女儿。

第一章 | 人在武汉

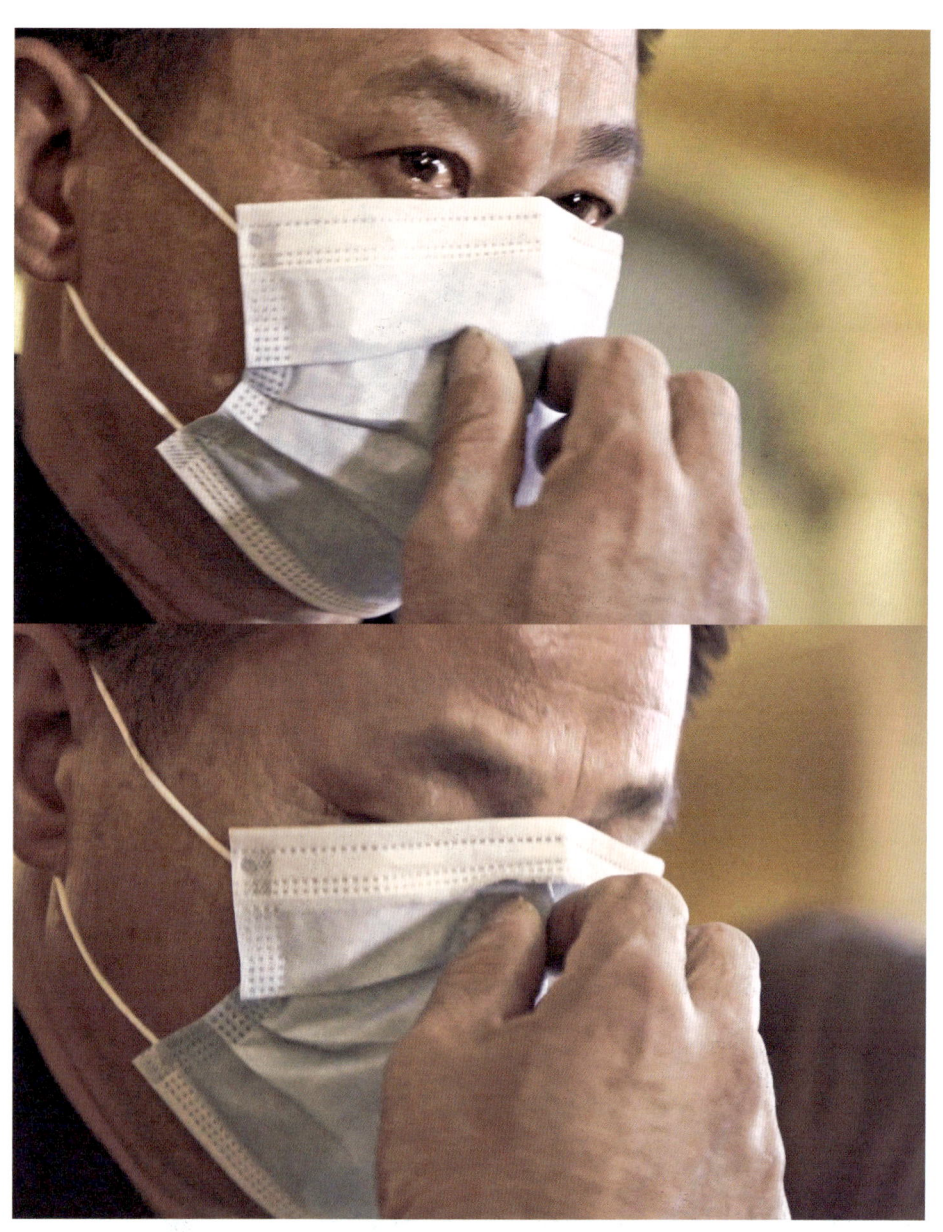

朱恋平安归来后，父亲泪湿双眼。

捧着父亲送来的锦旗。

第一章 | 人在武汉

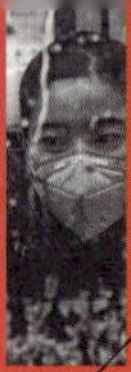
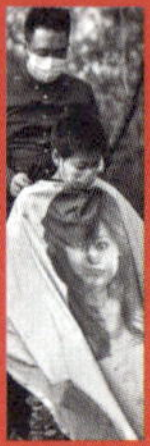
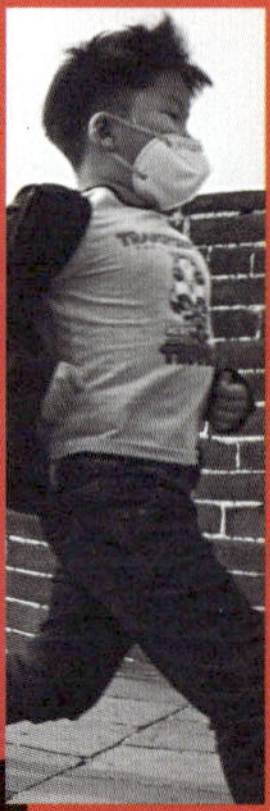
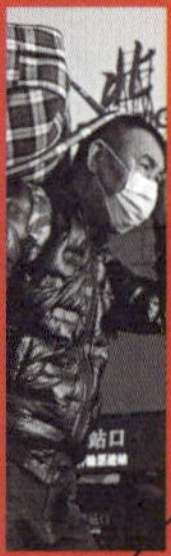
站口
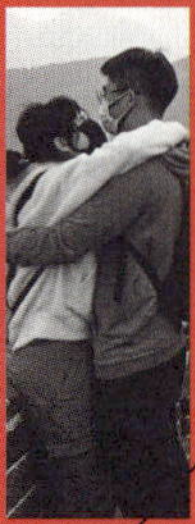
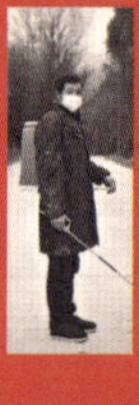

第二章

人在中国

一辆载着 15 万副医用手套的车向武汉开去

@ 山东淄博

> 口述、图片：王晓（退伍军人、公益人）
> 执笔：贾悦、邓可蕙
> 记录时间：2020 年 1 月 31 日

王晓

王晓又要离开家了，在武汉"封城"的第五天。

离家前，母亲察觉到他的坐立不安，嘴里一直念叨着："走来走去的，这是干啥？"

1 月 20 日，王晓开始关注新型冠状病毒，后来通过各种渠道加入了武汉物资对接群。看到群里实时发布的一线告急信息时，他再也坐不住了！

以一桶泡面生扛了近 40 个小时

疫情暴发初期，口罩出现脱销。王晓用儿子压岁钱抢购了 1500 副医用外科口罩，并快递至武汉大学中南医院。随着疫情形势越来越严峻，他觉得有必要大规模调集物资，亲赴武汉，而且越快越好。

1月27日傍晚，王晓戴着口罩，拉着满满一车自筹的医用防护手套，以及为自己准备的一桶方便面、六罐运动饮料，独自从山东淄博出发了。

用于购买医用防护手套的善款全部来自团队的募捐，以及身边爱心人士的资助，捐赠金额为126208元。王晓托了很多关系才联系到这批符合医用标准且手续正规的手套。

王晓带着援助物资到达湖北孝感。

1月28日，经过15个小时的长途跋涉，王晓终于抵达武汉。等他在高速路口与志愿者做交接后，这15万副手套按照流程陆续分发到了武汉儿童医院、武汉大学中南医院、湖北谷城第二人民医院等七所医院。

完成一系列交接工作后，王晓从车里拿出一桶泡面，用热水一冲，香味扑鼻而来，早已饥肠辘辘的王晓狼吞虎咽起来，彼时距上一顿饭已经间隔20个小时。吃完泡面，他得马上返回淄博，路上又需要15个小时。

他以这桶泡面生扛了近40个小时。

志愿者团队将15万副手套送至各家医院。

物资越来越紧缺，一刻都耽误不起

从山东到湖北，往返近 2000 公里的路程，王晓加了六次油，一路不停地循环着两首歌：阿冗的《你的答案》和朴树的《平凡之路》。他一边听着"打破一切恐惧，我能找到答案"，一边看着群里不断传来的消息和图片而泪流满面。

他原本打算在淄博高速服务区交接好物资后直接返回武汉，然而当时山东已经启动重大突发公共卫生事件一级响应——凡是湖北来淄博人员，不论什么原因，都需按照规定隔离两周。

"抱歉，我失信了。"他在志愿者群里告诉大家他已经平安返回，但需要隔离两周，接下来可以远程帮大家筹集应急物资。

赶回淄博后，王晓只想狠狠地睡一觉，等第二天 30 万副手套生产出来后，他得第一时间联系物流发往武汉。

他说："物资越来越紧缺，一刻都耽误不起。"

从汶川地震开始，他一直在做公益

这位来自山东淄博的 1982 年出生的王晓，其实已有九年军龄。最初接触公益时，是 2008 年汶川地震时他以志愿者的身份亲赴一线。所到之处满目疮痍，他受到了极大的震撼。回到家乡后，他便火速成立了"山东老兵公益助学志愿者服务队"，以帮助灾后的孩子继续上学。从汶川地震至今，王晓和他的团队每年至少投入十几万公益资金。

王晓说，自己和战友都是些平凡的人，大家做的事也都是些平凡的事。从汶川地震到现在，但凡有灾难发生，大伙都积极主动地去当志愿者，尽自己所能贡献一份力量。

"我就是见到这种事就想往前冲的人。我不怕被传染，因为我相信老天不会惩罚善良的人。"

王晓还有一个朴素的愿望，希望儿子以后能像钟南山院士一样从事一份可以帮助他人的职业，做一个对社会有用的人。

《我不是药神》抗疫版

@ 河南郑州

文字：易琬玉
图片：松鼠哥（公益博主）
记录时间：2020 年 2 月 9 日

1 月 28 日下午，一位在武汉隔离病房的母亲刚刚吸出一些母乳。她有两个孩子，小的还在哺乳期。她是向松鼠哥求助的两百多名新冠肺炎感染者之一。

松鼠哥是一名 HIV 感染者。1 月 28 日，他发布微博，表示可以向确诊的新冠肺炎患者免费提供克力芝，药品主要来自国内 HIV 感染者的捐赠。

1 月 23 日，曾感染新型冠状病毒的国家卫健委专家组成员、北京大学第一医院呼吸和危重症医学科主任王广发表示，一种名为洛匹那韦/利托那韦的药物对他个人来说是有效的。这种药物就是克力芝，原本是一种用于治疗艾滋病的抗病毒药物。《新型冠状病毒感染的肺炎诊疗方案》试行第三版和第四版提出，可试用洛匹那韦/利托那韦，但应谨慎使用。

一时间，求助的患者纷纷赶来。

前来求助的患者大部分已走投无路

"你好，请提供相关凭证。"这是松鼠哥对求助者的开场白。

一位隔离病房里的母亲传来房间的照片、刚吸出的母乳，还有写着"病毒性肺炎"的医疗诊断证明。虽然还没有做核酸检测，但通过 CT，她知道自己"中了"。

核对好地址后，松鼠哥给她快递了一份药，并叮嘱："不要给小孩挤奶，乳汁可能会传播病毒。"

克力芝是用于治疗 HIV 的蛋白酶抑制剂，主要成分包括洛匹那韦和利托那韦。这两种成分，均出现在《新型冠状病毒感染的肺炎诊疗方案》试行第三版和第四版的一般治疗方案中。2月5日国家卫健委发布的诊疗方案第五版，已注明其不良反应，以及和其它药物的相互作用。

松鼠哥知道，私自将处方药送给新冠肺炎患者要承担很大风险。想要高效快捷、合理合法地把药送到患者手中，只有一个办法——患者直接赠予患者。

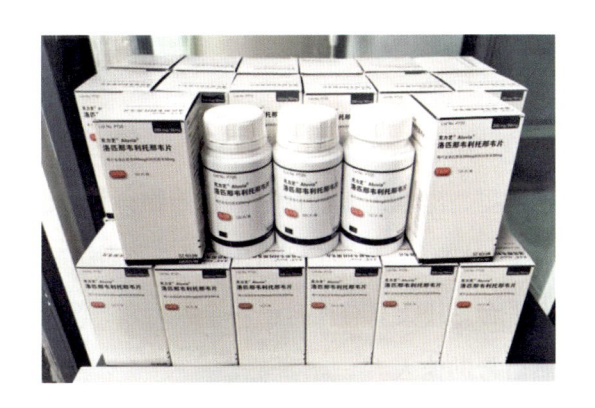

洛匹那韦利托那韦片，原本是一种用于治疗艾滋病的抗病毒药物。

第二章 ｜ 人在中国

松鼠哥说，这个活动只能依靠民间发起，而这两个群体的中间人可以由他来当。

最初的求助人群，有四分之一都是被感染的医护人员。对于普通患者，松鼠哥只提供一份药。对于医务人员，则会提供两份药，这样他们便可以匀给其他被感染的同事。服用克力芝后可能会对肠胃和肝脏有副作用，松鼠哥会逐一提醒求助人。

面对求助人，松鼠哥的回复一直很干脆——"给我地址、凭证，避免恐慌性的描述"。过多交流对他来说是一种负担。

前来求助的新冠肺炎患者，大部分都焦急万分。

一位父母离异的女孩为她的母亲求药。"我妈妈有精神障碍，同时患有新冠肺炎，现在医院。"女孩的信息让松鼠哥想起了自己的父亲，父亲也是因类似精神疾病去世的。于是他从为家人准备的药里拿出一份，送给了这位女孩。

两天时间，国内 HIV 感染者们捐出的 60 瓶克力芝已经派发殆尽。松鼠哥和朋友先后三次从印度自费购买克力芝，但大都还在路上。求药的人依旧络绎不绝，松鼠哥只能先给他们登记。

克力芝可能会从诊疗方案里被剔除

"HIV 患者，吃药八年"——这是松鼠哥的微博简介。在他的微博里，出现最多的话题就是药物科普。

2017 年，他专门为 HIV 感染者做了一个网络借药平台。虽说是个平台，其实只有他自己一个人运营，像松鼠屯坚果一样慢慢屯药，然后帮助他人。

借药平台起初是为HIV感染者提供帮助。HIV感染者可从当地疾控部门或定点治疗医院免费领取克力芝；但服用克立芝后可能会引起高血脂、腹泻等不良反应，有些病友不能长期服用，于是他们手中就有了闲置的克力芝。

松鼠哥通过微博将HIV感染者闲置的克力芝收集起来，而那些没能及时去机构领药的病友就可以向平台求助。

在参考新冠肺炎治疗手册及一些患者服用反馈后，松鼠哥决定将借药平台开放给新冠肺炎患者。尽管他知道这么做有很大的风险——克力芝是处方药，需要在医嘱下服用。

对于求药者和捐药者，松鼠哥都要进行核查。新冠肺炎感染者必须提供与肺炎相关的医疗凭证。考虑到有些捐赠者的免疫力较低，松鼠哥也会让他们自留一盒，以备不时之需。

求助者来自全国各地。对于武汉的新冠病毒感染者，最初是通过快递送药；后来，在其他人的帮助下，松鼠哥先把药品快递给武汉城内的视频博主蜘蛛哥，蜘蛛哥再开车一一送去。

武汉"封城"后，湖北很多二级县市也封锁了，有些无法回城领药的HIV感染者也开始向松鼠哥求助。松鼠哥的生活作息完全被打乱，一天要发两三百个包裹，几乎没有时间休息。

即便国内药物不够，他也没有公开募捐，只是和好友默默集资，从印度买药。"因为这是效率最高的做法，犹豫将会把我们和目标拉得更远。"

2月4日，李兰娟院士团队公布最新研究成果：根据初步测试，阿比朵尔、达芦那韦能有效抑制冠状病毒，克力芝对治疗新型冠状病毒感染的肺炎效果不佳，且有毒副作用。她建议将阿比朵尔、达芦那韦两种药物列入国家卫健委《新型冠状病毒感染的肺炎诊疗方案》（试行第六版）。

在《新型冠状病毒感染的肺炎诊疗方案》试行第三、四、五版中，都出现过洛匹那韦/利托那韦，即克力芝。松鼠哥一直关注诊疗方案第六版中克力芝会不会被剔除。

他虽然不太了解阿比朵尔，但知道达芦那韦（国内叫普泽力）的储量非常少。它是达芦那韦和考比司他的组合片剂，国内零售价是每盒1500元。

他想，如果诊疗方案第六版中将克力芝剔除，他的公益活动便立刻终止；在诊疗方案第六版还没有正式公布之前，他还会继续援助。

2月8日，一个叫作"希望小组"的民间组织，帮松鼠哥亲自从香港背回100盒印度版克力芝。这些药物已于2月9日中午抵达郑州。此外，该小组还帮松鼠哥的另外328盒克力芝找到了受赠医院。

被送至郑州的100盒印度版克力芝。

新冠病毒是敌人

很多 HIV 感染者和新冠肺炎患者都将松鼠哥称作"药神"。

对他来说,救人必然是第一目的,但也有一点点私心——"我对这种药有感情,我不想让它们被闲置、被浪费"。这种药起码能救人命,给新冠患者送药是十分紧迫的事情。

"无论是 HIV 病毒还是新型冠状病毒,初期感染者都容易将它们想成绝症,从而在恐慌中做出错误判断。"松鼠哥说,除了坚定的求生信念,科学信息对于患者来说也非常重要。

"我不提供心理援助服务,但是我希望给大家分享一些有关 HIV 的科普知识。有了更客观的认识,心里就不会有那么多想法。"

他真切地思考过死亡和生活。在面对这次新型冠状病毒蔓延时,松鼠哥反而没有那么害怕。"虽然我有坚定的求生意识,但也没有那么怕死。"

HIV 早就让他学会了自救。当卫健委的治疗指南中出现洛匹那韦/利托那韦时,松鼠哥就开始为家人准备克力芝和其他相关药物,以备不测。

在成为 HIV 感染者之初,松鼠哥曾以为他永远失去了追求自由的权利。三个月领一次药的节奏,让他只能在同一座城市里循规蹈矩地生活。但同时他也放下了追求完满的执念,不再追求十全十美。

在 HIV 的互助群里,有人开玩笑地问松鼠哥:"如果可以选,HIV 病毒和新冠病毒,你选哪个?"

"HIV 跟了我八年,都有感情了。不选它,它会吃醋的。"

在他看来,HIV 是朋友,而新冠病毒是敌人。

基层干部抗疫实录

@ 安徽铜陵枞阳

图文：黄向华
记录时间：2020 年 3 月 4 日

枞阳县，地处安徽省中南部，长江从这个小县城的南边缓缓流过。我在这座总人口约 81 万、距离武汉约 380 公里的小县城里成长与生活，现在是本地的一名基层工作人员，同时也是一名摄影爱好者。

庚子年春节前夕，大年三十，枞阳县首次出现两例疑似新冠肺炎病患，次日确诊。阴霾天里，淅淅沥沥的小雨携裹着一丝紧张和恐惧，静静地在这座江北小城蔓延开来。在等候春天的日子里，我用镜头记录下这座被疫情笼罩的小城。

希望能穿越一切高墙

电影《肖申克的救赎》中有句台词："不要忘了，这个世界穿透一切高墙的东西,它就在我们的内心深处。它们无法达到,也接触不到,那就是希望。"

1月26日晚间,县委县政府紧急征用县社会儿童福利院,以便作为枞阳县备用医疗机构。100名工人日夜施工,仅用三天时间将福利院改造成了可容纳48张床位的留观点。1月31日,枞阳版"小汤山医院"正式启用,来自全县的59名医生和92名护士进驻留观点。

1月26日,安徽省枞阳县高速公路出入口,医务防疫人员对所有进入县域的人员进行体温检查。

1月26日,安徽省枞阳东高速公路收费站,工作人员佩戴口罩坚守岗位。

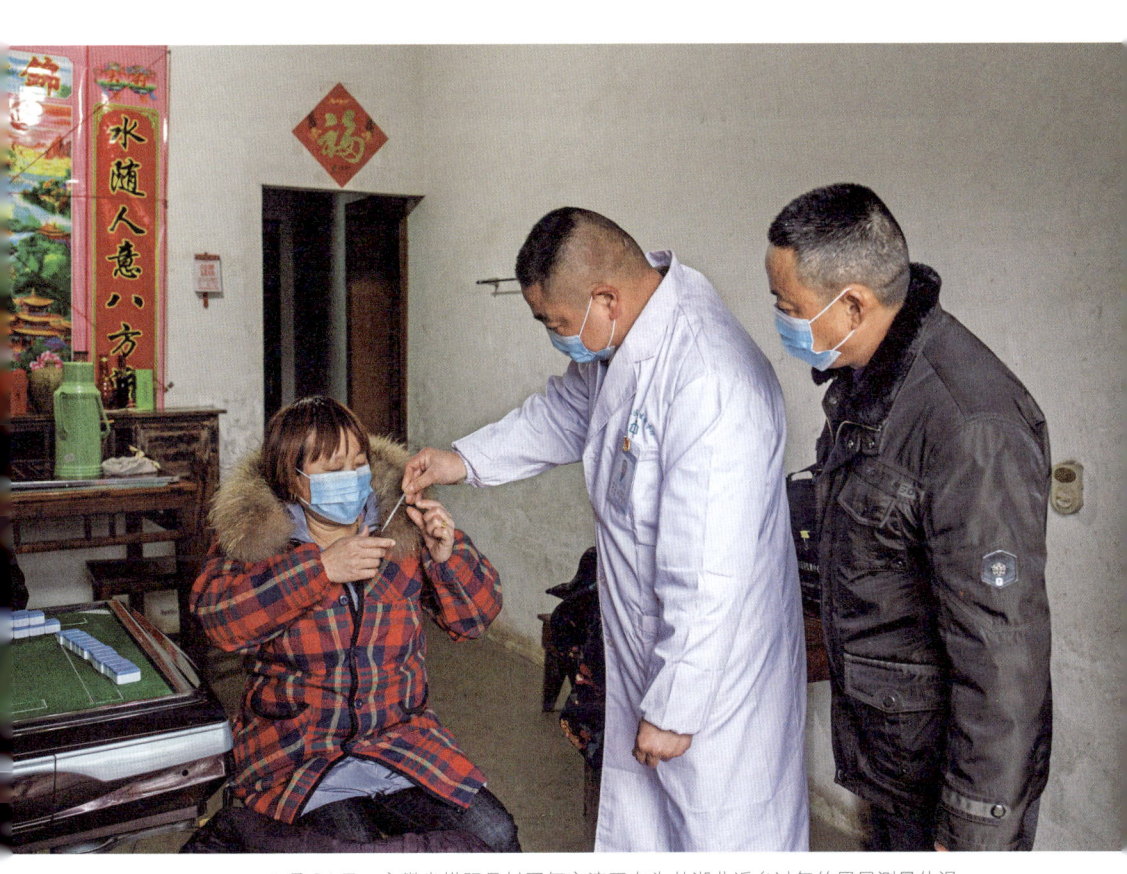

1月26日，安徽省枞阳县村医何宗涛正在为从湖北返乡过年的居民测量体温。

第二章 | 人在中国

1月29日，安徽省枞阳县白柳镇桂元村老党员杨胜年正在赶写"疫情防控劝返点"宣传牌。宣传牌上写着"各位：大家新年好！今年情况特殊，外地亲友不要入组，本组民众也不要外出串门！敬请大家谅解！"

1月29日，安徽省枞阳县出入口，两名防疫人员正在测量外来人员体温。

1月30日,安徽省枞阳县发热病人留观点,县医疗救治预备队的护士们宣誓请战。

2月3日，安徽省枞阳县白柳镇，两名劝返人员在卡点值班。

2月4日，安徽省雨坛镇先锋村疫情防控劝导点，村干部值守夜班，同时电话摸排外出回乡人员信息。

"我想你了！"

2月3日，安徽省枞阳县白柳镇，28岁的祖某在铜陵市人民医院经过一段时间的治疗后，两次核酸检测结果为阴性，符合出院标准，成为枞阳县首位治愈出院的新冠肺炎患者。

当祖某被急救中心的车送至村口时，村民们都不敢接近她，她的脸上似乎也没有身体痊愈后的喜悦。家人在为她准备隔离房间时，她独自站在院子里哭泣，孤独而无助。

2月12日，安徽省枞阳县雨坛镇。"封村"后，村里交给一直在家务工的齐克文一个任务——每天给全村消毒。

第二章 ｜ 人在中国

就在这时，不远处有位村民向她大喊了一声："我想你了！"她是祖某的小学同学。祖某破涕为笑，回喊道："我也想你了！"

这是那天整个拍摄计划中令我印象最深的一件事。我能体会到祖某身上的孤独，或许那是很多患者包括已治愈患者都曾有过的孤独——不但要面对病毒的威胁，还要面对感染家人和朋友的担忧。

不知道该谢谢谁

枞阳县铁铜乡有129个湖北返乡人员，新丰村就占了52个，而且全乡两例确诊病例都在新丰村，村里的防疫压力很大。整个村内，家家大门紧闭，连一只鸡、一条狗都看不见。

在确诊病例严某家门口，村委会副主任何亮喊了几声，大门打开了。严某夫妇戴着口罩站在门前，还没等我们说话，就招呼我们不要离得太近。严某夫妇常年在武汉打工，年前才回家。严某先发病，丈夫随后几日确诊，这件事在铁铜乡引起不小的轰动。原先大家以为新冠肺炎只是新闻里出现的病，没想到一下子就近在咫尺。也是从那时起，不用村里的广播再提醒，全村人就都自觉地不外出串门了。

因为发现较早，严某夫妇入院一个多星期后便相继治愈出院。

"医护人员每天都给我们测体温、取样化验，心里很害怕，不知道能不能治得好，直到有一天医生说三次检测结果都是阴性的，可以出院了。我很想感谢他们，但当时大脑一片空白，都不知道该说些什么。"严某说，从住院那天起，医生们就一直穿着防护服，她到出院也不知道那些照顾自己的人长什么样，也不知道该谢谢谁。

让普通人照亮普通人

铁铜乡坐落于长江泥沙冲击而成的江心洲。往年过了正月初六，洲上的人就走得差不多了。今年"封洲"，大家都出不去，生活垃圾成倍增加。方晓满和吴宗宝每天要处理十几吨垃圾，其中还有15个专门收集废旧口罩的垃圾桶，需要单独消毒处理。他们一趟趟地把垃圾运回回收站，压缩、消毒、装袋，两天一次送往县城垃圾填埋场。

2月14日，铁铜乡环卫工人方晓满和吴宗宝坚守岗位。

周真涛是县城某商行的老板，平时主要给各个乡镇的超市和小商店送货，每天至少一趟。自疫情暴发以来，近一个月的时间，他只出门送了四趟货。2月14日，他带了16箱面包、饼干等小食品，准备送往江心洲上。因封洲而上不了船，洲上的小卖部老板也过不来，周真涛只能将货物放在物资运输船上带过去。他说："现在这时候，还是不直接接触的好。做好防护，既是为自己好，也是为大家好。"周真涛边说边将一页记账单折好塞进了纸箱缝里。

2月14日，安徽省枞阳县和平渡口，商行老板周真涛夫妇送货到渡口。

洲上的蔬菜种植大户兼货车老板余永斌要把这一整车的菜运往县城，供应给菜市场和超市。铁铜乡是枞阳县城的"菜篮子"，往年春节期间每天都要运送近十吨蔬菜进城，如今"封洲"后，蔬菜供应量骤减到从前的三分之一。虽然疫情期间，有的地方提高了蔬菜价格，但余永斌依然按照以往的价格批发给市场。他心里最焦虑的是，找不到帮工的话很多菜就得烂在地里。

　　今年49岁的陈启胜已经在渡口摆渡了16年。往年春节期间，

2月14日，往铁铜乡腹地行驶的路上，视线所及之处，土地平坦辽阔。一位老人在田间劳作，乌黑的泥土在他银亮的锄头下变得更加蓬松柔软。老人说，他在家里躺了半个多月了，着急！再不出来扒扒地，到了3月份种子就不能下地了。

第二章　｜　人在中国　　　　　　　　　　　　　　　　　　　　　　123

他的渡船每天都要来回运行六七十趟，一天可以载六七千人过江。今年"封洲"停渡，其他船只全部停航，他的船被乡政府定为应急船和物资运输船，严格按照政府调配行驶，每天最多运行五六趟。尽管因这场疫情损失了十几万，但陈启胜说："大是大非，我还是分得清的。政府这是在帮我们，我们都应配合。"

江边已难寻往日的热闹。江风凛冽，飞鸟从空中掠过，江面一艘孤单单的大货船渐行渐远。天空低沉，乌云翻滚，天地之间只剩下了江水流动的声音。2020年春节，一场突如其来的疫情让这里改变了模样。

江上寒流刺骨，但江水依旧辽阔、奔腾。人间的哀愁与欢欣，悲凉与温情，在江边一日又一日上演，不曾落幕。

我始终记得2月3日那天枞阳首位治愈出院的新冠肺炎患者回村时，路上的人都不敢靠近她。真心希望这份恐惧能引起更多人对生命的尊重，能唤醒人们去敬畏自然。

王凤明是庆丰村的村医，也是两个孩子的母亲。2月14日，王凤明来到姚成立家，为他们做体温检测。庆丰村一共有45个湖北返乡人员，这些人每天两次体温检测全由王凤明一人完成。

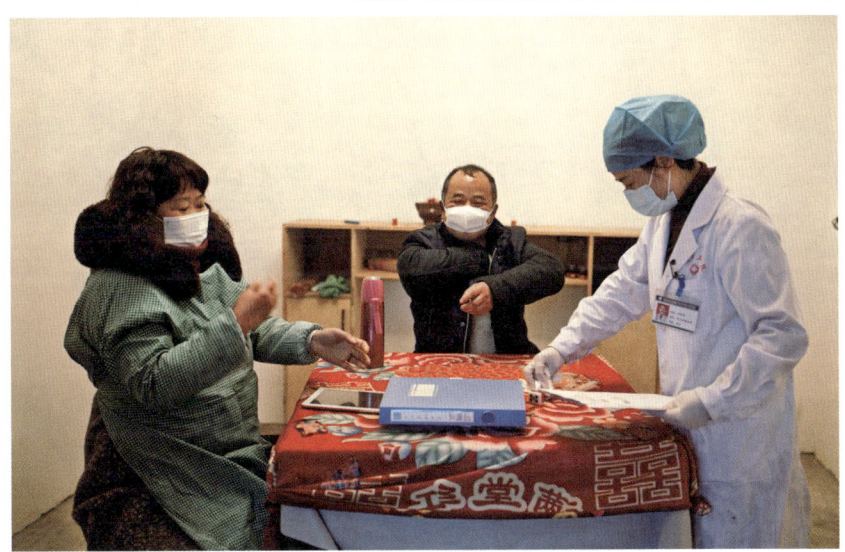

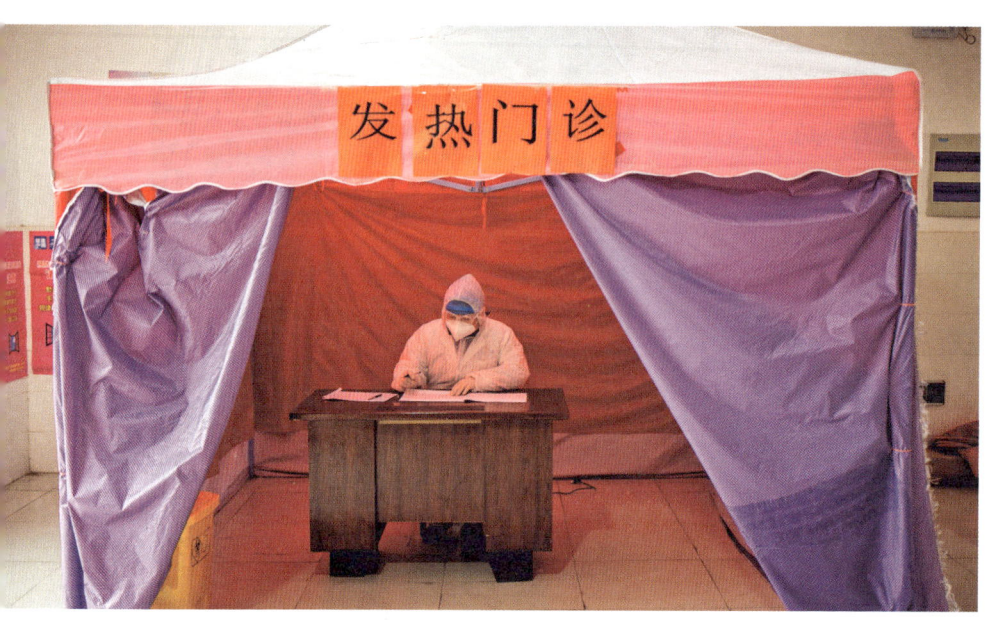

2月14日，铁铜乡的卫生院门诊大厅里搭起一顶帐篷，篷顶上贴着"发热门诊"四个大字。全副武装的医护人员坐在帐篷里等候患者，护目镜上全是雾气。

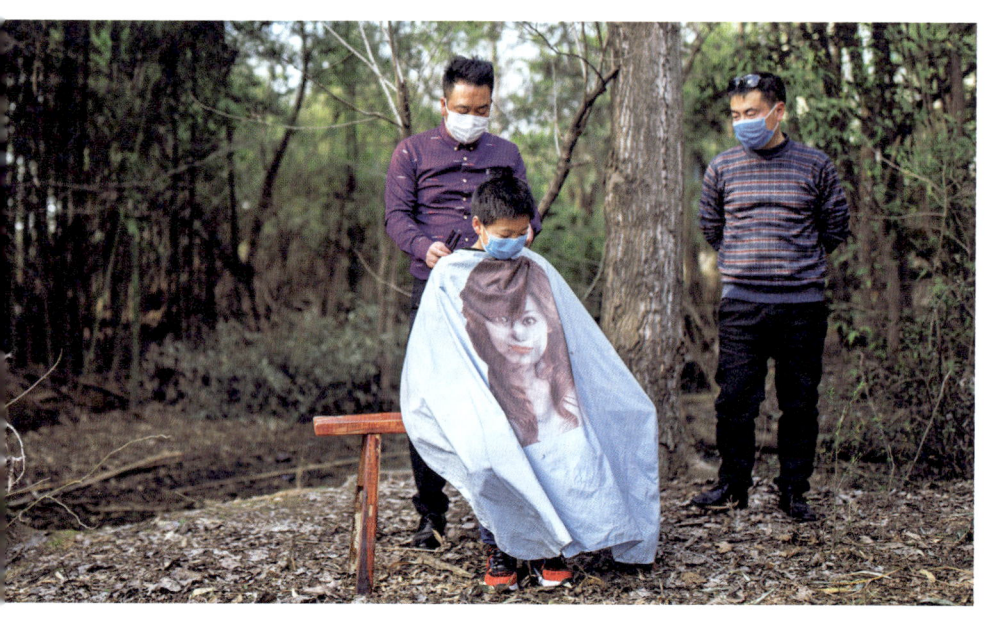

二月二，龙抬头。在城里开理发店的张文艺回到枞阳镇双龙村，为村里的老人和孩子们义务理发。

疫情下的首都北京

@ 北京

图文：郝文辉（摄影师）
记录时间：2020 年 4 月 14 日

2020 年新年伊始起，新冠疫情已在全球范围大面积传播。在中国首都北京，疫情虽不及武汉严重，但一场旷日持久的疫情阻击战仍在继续。

凛冬之后，春暖花开。

从寥寥几人的空旷大街，到日渐繁忙的城市机器，看不见的敌人默默改变了普通人的生活方式，无处不在的口罩几乎占据了镜头所及之处。

2020 年的开端，是悲伤的，是复杂的，很多人被疫情夺去了生命。街头巷尾之中，普通人的生活仍在继续。

残酷和希望交织在一起，藏在这个时代的每个角落里。

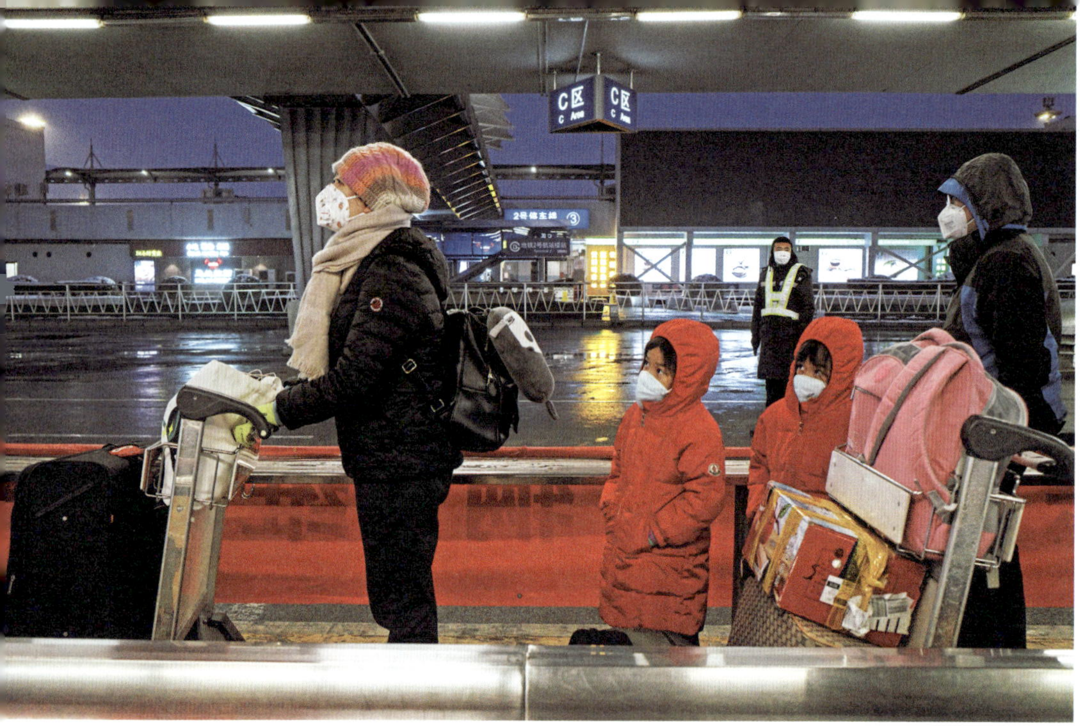
C区
C Area
C区
C Area

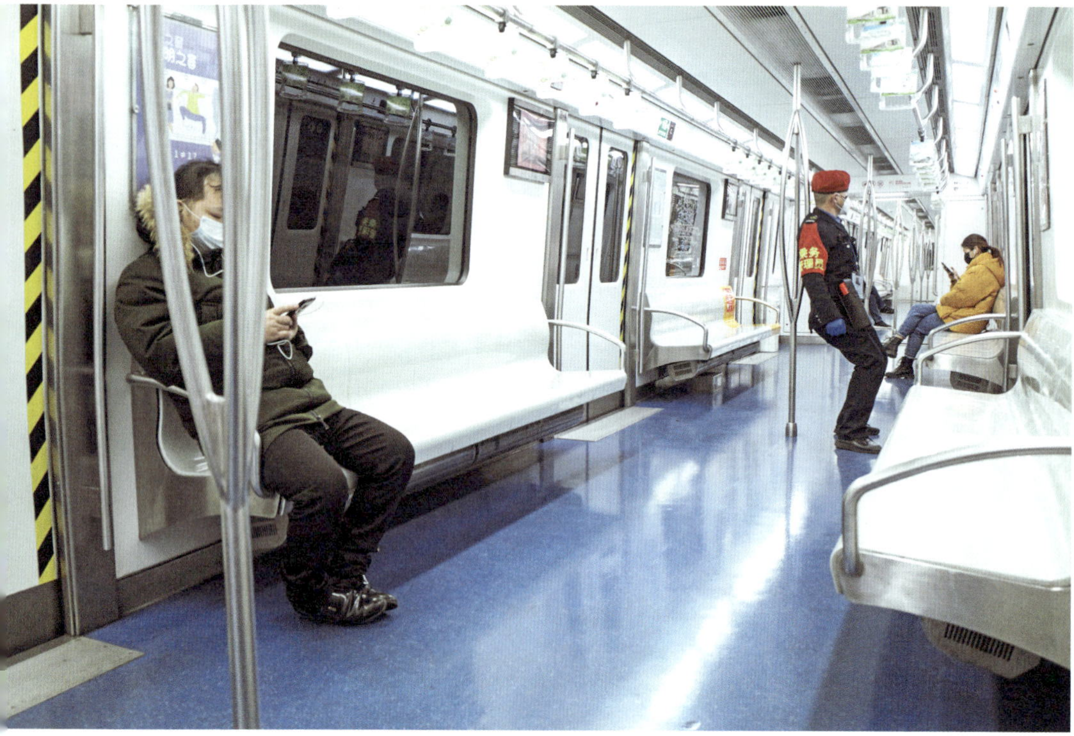

3月3日,天坛,一位老人戴着口罩在树林里打太极。

(左上)2月6日,北京首都国际机场,人们陆续返京。图为正在排队等候出租车的一家人。

(左下)3月2日晚十点,北京地铁14号线。空荡荡的车厢里只有几名戴着口罩的乘客和一位疲惫的乘务管理员。

3月4日，天安门前，戴着口罩的游客和工作人员。

3月5日，北海公园里一位遛弯儿的老人。

第二章 ｜ 人在中国

131

3月6日，798园区里下班的人。

（右上）3月7日，北京地铁14号线车厢，防护装备各不相同的乘客们。

（右下）3月13日，北京新奥购物中心，工作人员正在为进入商场的顾客测量体温。

第二章 ｜ 人在中国　　　　　　　　　　　　　　　　　　　　　133

3月13日，奥林匹克森林公园，玩耍的孩子们。

3月15日，地坛公园西门，一位父亲带着女儿和儿子在空旷之处玩耍。

3月15日晚，北京朝阳门商区，街道上行人寥寥无几，只有一排外卖配送员在街边等待接单。

第二章 ｜ 人在中国

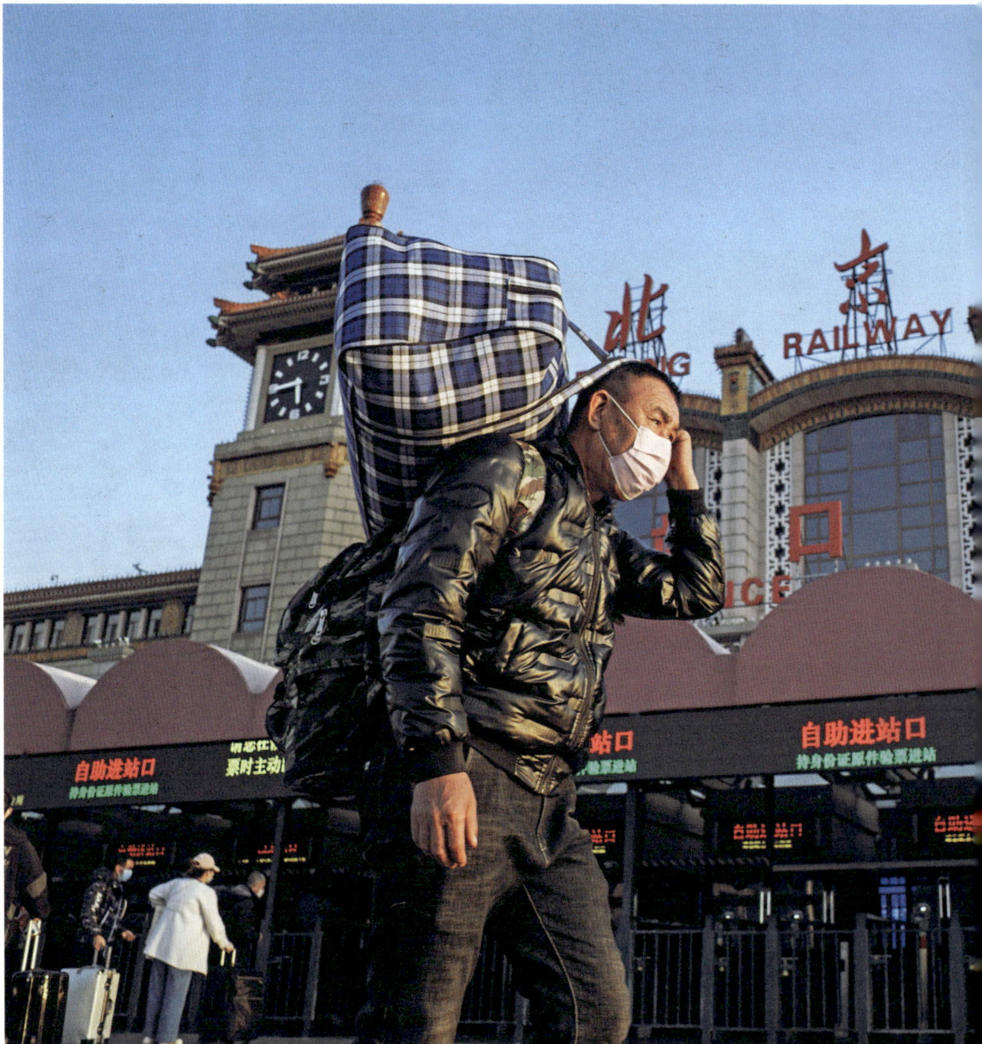
北京
RAILWAY
自助进站口
持身份证原件验票进站
自助进站口
持身份证原件验票进站

3月17日，北京站，戴着口罩、扛着行李的返京务工人。

第二章 ｜ 人在中国

139

3月17日，公交车上，一位老人正在向一旁的乘客展示自己大量准备的蔬菜和馒头。

3月22日，颐和园里休闲的人。

第二章 ｜ 人在中国

141

3月31日，八达岭长城，奔跑的少年。

第二章 ｜ 人在中国

3月31日，八达岭长城，一对戴着口罩相拥的情侣。

4月4日，为纪念疫情期间的罹难者，全国各地降半旗以示哀悼。图为北京市东城区人民法院门口。

第二章 | 人在中国

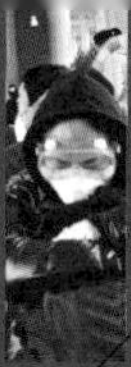

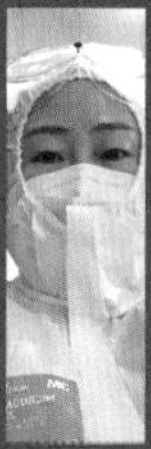

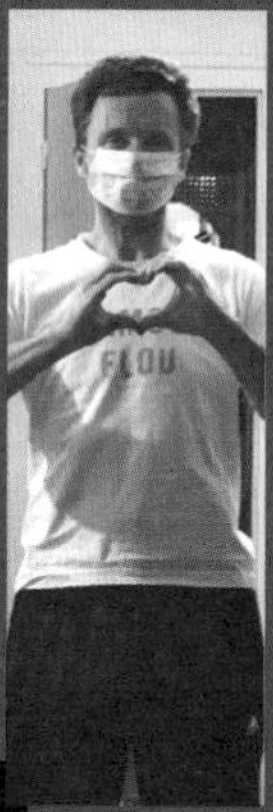

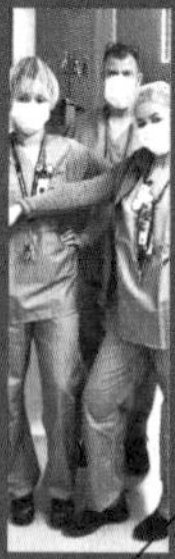

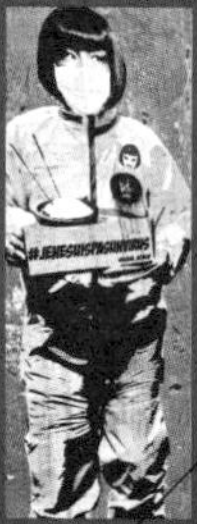

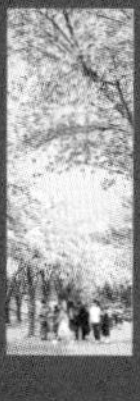

第三章
人在全球

大邱之于韩国，正如武汉之于中国

@ 韩国大邱

> 口述、图片：老曹（上班族）、阿白、小雪、
> 　　　　　　小涵、墨客（留学生）
> 执笔：易琬玉、曹颖
> 记录时间：2020 年 3 月 12 日

每年春分，大邱的樱花将迎来最美的时刻。这座继首尔、釜山、仁川之后的韩国第四大城市，位于洛东江中游支流琴湖江沿岸的盆地，群山环抱。

据韩联社报道，韩国中央防疫对策本部于当地时间 3 月 10 日通报，截至当天零点，全国累计新冠肺炎确诊患者 7513 例，其中大邱市 5663 例。可以说，疫情下的大邱之于韩国，正如武汉之于中国。

老曹：一家人齐聚大邱

晚饭后，老曹像往常一样去阳台抽烟。突然，他快步走向厨房，对着正在刷碗的女儿说："我刚才在阳台上看呢。

你看这大邱的夜景多美,一点也不像有病毒的样子。你快使劲儿掐我一下,我肯定是在做梦。"直到3月初,老曹依然不愿意承认大邱已成为疫情重灾区的事实。

老曹来自吉林省的一个朝鲜族家庭,2007年他和妻子来到韩国打拼,大邱是他们的第一站。女儿在吉林长春读书,每年寒暑假都会来大邱团聚,这里已成为他们的第二个家。

2020年1月11日,女儿和往常一样乘飞机从老家长春到大邱去看望父母。这是她第18次飞往韩国。近半年未见面的一家人准备一起好好过个年,然后趁着假期去首尔和济州岛游玩。

大邱是一座不夜城,凌晨一两点的咖啡馆依旧座无虚席。1月20日,韩国发现首例新冠肺炎感染者,之后每日新增确诊病例均不

大邱景色。(墨客摄)

超过四例，而且大多数患者有境外旅游史或者为密切接触者。因确诊人数没有大幅增长，对患者立即隔离治疗，对公众及时公开信息，故而没有出现重症病例和死亡病例，所以当时韩国街头戴口罩的人并不多。

转折点发生于"31号病人"身上。2月18日，大邱市一位61岁的代号为"31号病人"的女性被确诊为新冠肺炎。该患者于2月6日因交通事故在大邱市一家医院接受治疗，于2月17日出院。在此期间，她曾两度前往新天地教会参加礼拜，还曾于2月15日与朋友在一家酒店用餐。据初步统计，参加那两场礼拜的人数超过1000人。2月20日，韩国《中央日报》通报，新增病例中有不少和"31号病人"常去的教会有关。

这位超级传播者出现后，韩国感染人数开始翻倍增长，民众也逐渐意识到了危机，街上戴口罩的人多了。人们开始抢购防疫物资，一副口罩的价格从2000韩元涨到6000韩元。

虽然大邱的医院呈紧急状态，但是市内公共交通仍未停运，老曹依旧正常上下班。公司每天给员工发放口罩，社区也给每个家庭发放口罩。妻子所在会社的绩效明显下降，但没有停工迹象。女儿在家里上网课，她调侃这个特殊时期最适合减肥，"门也出不去，家里没余粮"。

阿白：在检疫站当翻译志愿者

同样喜爱这座城市的，还有在大邱生活了十年的阿白。从本科到博士，大邱见证了她的种种生活。对于阿白来说，大邱是一座刚刚好的城市，人口密度、消费水平、各类设施都刚刚好，不拥挤、不匆忙。

唯一有点不足，是夏日时出格的温度。大邱属亚热带季风气候，像武汉一样有着40度的夏天，本地人都称这里为"火炉"。但是阿白依然喜欢大邱，"整个庆尚北道的氛围和这里40度的夏天一样热情"。

阿白所在的启明大学是韩国十大最美校园之一，和武汉大学一样，这里的樱花满树烂漫、如云似霞，是每年春天时当地人踏青赏樱的好去处。

事到如今，启明大学校园已经禁止外人入内。樱花就要开了，但没有多少人能欣赏得到了。

相对而言，阿白对疫情的到来是有所准备的。除夕夜，她和留学生朋友一起吃年夜饭的时候就在讨论疫情，意识到严重性之后，便约好第二天一起去购买口罩、消毒液等防疫物资。当时药店里买口罩的人都是中国留学生，基本上人手一摞。"那时候韩国人还没什么防护意识，街上戴口罩的人大多是中国留学生。"

谁都没有想到，疫情会如此突然地在大邱暴发，启明大学附属童山医院定点收治发热病人。这家与病毒短兵相接的医院距离启明大学的距离不足200米，而阿白租住的房子和校园仅一街之隔。

疫情暴发以来，启明大学一直都在向学生强调如何预防，并要求留学生在2月21日至24日集中返校。阿白便去学校的临时检疫站当翻译志愿者。这是她第一次穿防护服、戴护目镜，第一次戴医用口罩，"特别特别硬，戴了几个小时之后脸就发红发烫，喘不上气"。

樱花盛开时的启明大学。

阿白在启明大学的临时检疫站当志愿者。

第三章 ｜ 人在全球

153

虽然大邱已成为重灾区,但阿白并没有感觉到生活有特别大的变化。要学习的课程在上一学期已经基本学完,只剩下毕业论文。她一直安慰身边朋友保持乐观态度,"只要坚持不出门,一定会赢得胜利"。

小雪:兼职打工

小雪在大邱留学。去年12月底学校放假后,她在一家火锅店找了一份兼职。她准备2月份再回家,这段时间里得备考韩语五级,顺便为下学期攒些生活费。然而由于国内暴发疫情,小雪取消了回国计划。在威海的父母开始每天和她通话,提醒她注意安全。

她兼职的火锅店客流量明显减少,但也有客人不戴口罩一起聚餐。尽管生意大幅下降,老板却不愿意停业。火锅店除了购置消毒水和口罩之外,并没有特别提出应对疫情的卫生措施,这让小雪有些提心吊胆。

不工作的时候,小雪就会在出租屋里学习。因为推迟开学和在线授课,大部分学校都缩短了授课时间。3月2日,有网友发起了"减免2020年第一学期学费"的请愿活动,如果4月1日之前参与请愿的人数超过十万,则有可能得到官方回应。3月4日,小雪也在请愿链接上点击了"同意",当时已经有近五万人参与。

小涵:离家半月却又原路返回

根据"奋斗在韩国论坛"的统计,目前有超过三分之一的中国留学生在韩国进行自我隔离，也有部分学生正在考虑回国或者已经回国。小涵就是计划回国的学生之一，而此时距离她返校的时间还不到一个月。

2月10日，启明大学曾向中国留学生发邮件，通知所有学生必须在2月21日至24日之间返回学校，否则便视为自动休学。因不想休学，小涵立即买了机票。

2月24日上午，小涵从威海乘坐飞机前往首尔，下午两点到达仁川机场。在机场搭建的临时场地里，她被要求下载一个自我诊断app，之后的14天里需要每天在app上记录自己的身体状况。

当日下午三点，小涵离开仁川机场，乘坐大巴车去往东大邱。上车时发现司机和往常一样并未佩戴口罩，四个半小时的路程让小涵觉得格外漫长。到达东大邱后，又有大巴将学生们送到学校，"很大的客车里只坐了四个学生"。宿舍楼门口搭起了临时防疫站，保健所的医生和护士会给学生做基本检查。所有学生需要在宿舍里隔离两周，期间日本国际协力机构会提供生活起居用品和食物。

据启明大学的一份通知文件显示，截至2月25日，启明大学的1000多名中国留学生中有350名以上的学生选择休学，而这一数字还在持续增加。

小涵原本以为在隔离结束后就可以顺利开学，但大邱的疫情暴发速度出乎意料。父母十分担心她的安危，希望她回国。大邱的航班都已停运，小涵没有太多的时间犹豫和观望，便买好了3月11日从首尔出发的机票。

然而3月7日下午，她收到手机短信提示，得知她预定的航班被取消了。她赶紧查询票价，发现票价已一路上涨。小涵觉得拖延不起了，便抢购了次日上午从仁川飞往威海的机票。

半个小时之后，终于出票了。小涵赶紧收拾好行李，准备连夜前往仁川机场。有些同学选择直接包车，小涵有些舍不得35万韩元（约2100人民币）的包车费用。在得知大巴还在正常通行后，小涵便打车到达东大邱，准备从东大邱坐大巴前往仁川机场。

在打车前往东大邱的途中，不好好戴口罩的出租车司机让小涵有些担忧，司机甚至摘下口罩和她说话，心惊胆战的小涵只好赶快给自己消毒。

大巴车上，与她有着两个座位之隔的乘客是一位中国大姐。她戴着手套，穿着防护服，全副武装。车上的乘客比想象得多，基本上都是中国人。同胞和周围人足够的防护措施让小涵的心稍稍安定了下来。

天快亮的时候，小涵也来到了仁川机场。和大邱机场相比，仁川机场要大得多。一同候机的人基本都是同胞，大家整整齐齐地戴着口罩。

3月8日上午十点半，小涵经过一个多小时的飞行，终于到达威海机场。经防疫人员检查后，全体乘客在大厅按照座位号坐好，测量体温，并填写相关表格，记录身体情况和个人信息。因当天是妇女节，机场防疫人员还给女性乘客们送了花。

量好体温、填好表格后，小涵和其他乘客一样按居住地所属区域划分，乘坐不同大巴，去往相应的隔离点。

从3月7日离开学校，直到抵达隔离点，小涵一直没有进食，也没有喝水。她原本以为会和之前回国的同学一样隔离七天之后便可以回家，后来被通知需要隔离14天。

在仁川机场候机的乘客们。

司机在驾驶室和车厢之间特意加了一层薄膜。

第三章 | 人在全球　　　　　　　　　　　　　　　　157

小涵原本想趁着假期在韩国兼职，为下学期赚点学费。尽管已经得到了50%的学费减免，但她依旧觉得这学期的花销有些多，而这次来回两趟花在路上的钱就抵得上她兼职一个月的工资。

这是小涵第一次休学，也是她第一次出国才半个月就又原路返回。小涵所在的隔离点距家仅三分钟的路程，但至少要等14天之后她才能回家。

意大利"封国"前后

@ 意大利米兰、佛罗伦萨

> 口述、图片：人五、Dino（留学生），
> 　　　　　　梦琳（教育工作者、志愿者）
> 执笔：周宁、曹颖
> 记录时间：2020年3月12日

当地时间2月21日意大利伦巴第大区首例新型冠状肺炎患者确诊以来，意大利北部的疫情迅速暴发，并逐渐扩散到全国。

然而起初，每天呈指数级增长的确诊数字并没有引起意大利当地人的重视。全国"封城"前，米兰的街道上、超市里戴口罩的人寥寥无几。餐厅正常营业，酒吧里的顾客一如往常地喝酒、庆祝。

一个多月前，当地华人和中国留学生购买了大量防护物资捐赠回国，药房的口罩、消毒用品早已断货，亚马逊平台的一次性医用外科口罩也由每盒（50只装）7欧元涨到50—60欧元。

严峻的形势与回国路上的重重风险，让众多身在意大利的华人陷入了进退两难的境地。

人五：历经波折，终于回国

人五来自四川成都，2015 年他来到米兰一所美院读书，今年是他在意大利的第五年。在意大利确诊第一例新冠肺炎患者的前一天，人五还外出喝酒。之后，他连续三天没出门，直到家里再无食物可吃，不得不戴着口罩去超市——当时超市里只有他一个人戴口罩。

当意大利出现首个新冠病例时，人五所在的学校便发了停课通知，开学时间一周又一周地推迟——从 2 月底到 3 月 6 日，再到无限期延迟。"如何购买消毒液、口罩等防护物资""是否回国"成为留学生群体热议的话题。

当地时间 2 月 27 日傍晚，意大利确诊新冠肺炎病例为 650 例，24 小时内增加了 250 例，短时间内的快速增长让人五感到担忧。

第二天，他与家人沟通后决定回国。

3 月 3 日早八点，人五拖着两个行李箱，背着从匈牙利购来的 20 个口罩，离开了两天前刚入住的米兰新家，准备搭乘出租车赶往米兰马尔彭萨机场。一想到马上就能回家，人五非常兴奋。"从法兰克福转机，11 个小时后直接到达成都，睡一觉就到家了！"

3 月 3 日上午，人五来到人流密集的马尔彭萨机场，发现几乎所有的安检人员、服务员都不戴口罩。他按照要求填写了一张关于个人行程信息和是否接触患者的表格，没有其他检查，便上了飞机。上午十一点，飞机在马尔彭萨机场起飞，然而原本计划好的归国行程却因为一些意外的发生而变得艰难曲折。

到达法兰克福，坐上摆渡车，人五才想起护照和机票被落在了飞机上。为了取回护照，他错过了飞往成都的航班。航班紧缺，他

法兰克福机场，飞往北京航班的乘客在排队。

只能订到 27 小时后由北京中转回成都的机票。晚上在机场的座椅上睡了一夜。"种种变动让我愈发紧张，手不敢碰脸、不敢摘口罩，喝水的时候也只能找一个没人的角落喝，抓紧时间喝完赶紧重新戴上口罩。"

在飞往北京的飞机上，乘客们都戴着口罩。3 月 5 日将近 12 点，飞机在首都国际机场降落。经过了异国他乡 48 小时的颠沛流离，人五终于回到国内。

往年时，人五每到冬天就常常咳嗽，今年依旧这样。在回北京的飞机上，工作人员让每位乘客填报一份出入境健康申明卡，人五当即勾上了"咳嗽"选项。飞机上他自始至终没有摘下口罩，11个小时没吃没喝，也没上厕所。

边检人员全部穿着防护服，他们将刚下飞机的人五和其他有不良症状的乘客单独领到一个房间，测体温，并详细地询问他们"什么时候开始咳嗽、有没有痰、有没有接触过新冠肺炎病人"等事项。尽管人五没有发烧，边检人员还是决定用救护车把他送到首都医科大学附属北京地坛医院做详细检查。等待救护车期间，工作人员递给他两个蛋黄派，他一口咽了下去。"真的太饿了。"

救护车将人五一行人接到地坛医院，随后挂号、抽血、拍CT、做鼻试纸、核酸检测。人五的血样和CT结果都显示正常，还需要等

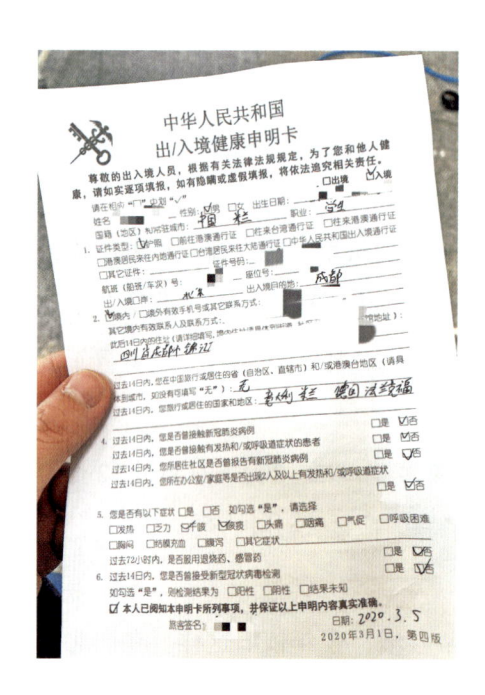

人五在飞机上填报的健康申明卡。

核酸检测结果。考虑可能会有传染风险,他得在医院过夜,但病房已经满员。跟医生沟通后,当晚他住在一间消过毒的医生看诊办公室,房间里有一张小床。他可以点餐,但是不能与外卖员接触,得由护士转送给他。"有很多病人需要照顾。对我来说,待遇已经很好了。"

3月6日下午一点半,核酸检测结果出来了,显示为阴性,人五终于松了一口气。医生给他开了一张证明,他才乘出租车返回机场。人五特意给司机看了他的检测报告,并主动告诉司机他是从米兰回来的。晚上六点半,人五坐上了这次归途的最后一班飞机,同行的乘客都是从日本、韩国、伊朗、意大利等地回国的。

抵达成都时已是深夜,人五做好了统一去定点地区隔离的准备。

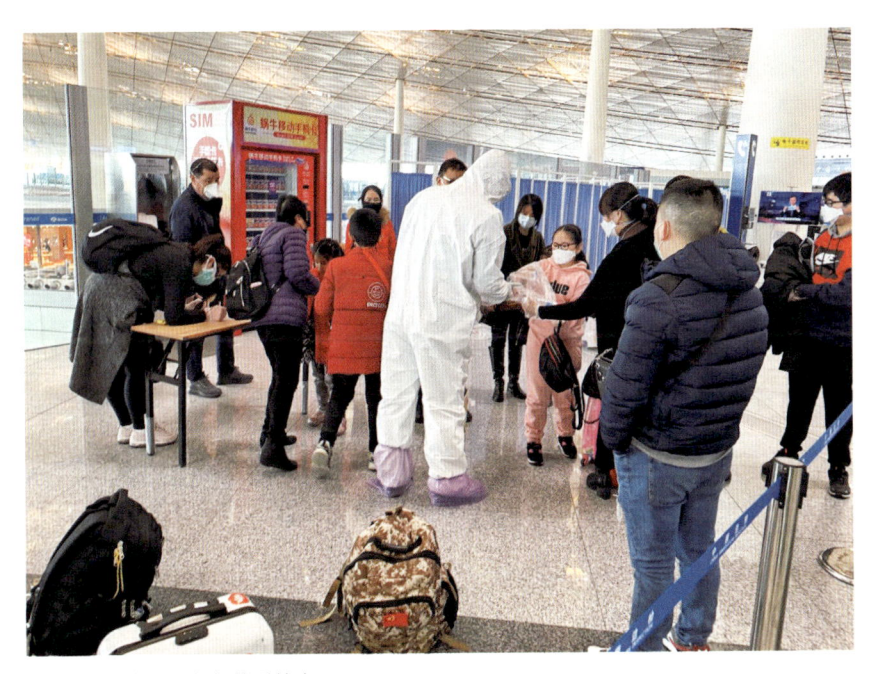

乘客们在首都国际机场接受检查。

在填表、测量体温后,他被放行了。由于他在成都独居,又做过核酸检测,社区人员告知人五可以在家隔离14天。隔离期间,物业人员可以帮他取快递和外卖。

3月7日凌晨一点,人五给母亲打电话报了平安。在这四天三夜里,他在法兰克福机场睡了一晚,在飞机上睡了一晚,在地坛医院睡了一晚,没有洗头、洗澡、刷牙,也没有换过衣服。由于多次换乘,人五的行李箱还没有和他一起到达成都。他打开了唯一一个随身携带的背包,数了数,还剩下八个口罩。

虽然经历了四天三夜的波折,但所幸的是,他能赶在米兰"封城"前平安到家。3月8日凌晨,意大利宣布封锁疫情重灾区的北部交通。"封城"涉及意大利最重要的经济中心,包括伦巴第、威尼托等地区。

Dino:滞留米兰

Dino是米兰大学的大四留学生。因国内更早发生疫情,Dino在家人的劝说下放弃了回国度春节的打算,不料"本以为待在米兰会安全一些,但还是没逃脱掉。"

新冠疫情暴发后,Dino身边的很多朋友选择了回国,可是回国需要中转第三国家,飞机上空间密闭、人员混杂,可能会增加感染风险。于是,他选择留在米兰,不给他人添麻烦。

平日里除必要的采购和工作,Dino都尽可能减少外出,居家防护。从Dino的房间向窗外望去,可以看到楼下不远处有一个小篮球场,很多人聚在那里打篮球。

在"封城"令下达之后,情况很快就不同于往常。政府法令、

"封城"前一周的米兰地铁和街头。

街区喇叭都在鼓励居民"待在家里";几乎所有餐馆、酒吧都已经关闭;少量开门的商店在外面写明:里面最多容纳五个人,请排队进入,店铺门口会放免洗消毒液,进门的客人请自觉消毒。

政府要求超市周一至周五营业,休息日可按情况调整,结账时人与人之间的距离要达到一米。此前对疫情有所忽视的米兰当地人,也逐渐重视起这场日益严峻的疫情。"街上的人确实减少,戴口罩的人明显增多。"

随着确诊人数上升，Dino 开始在回国与留下之间摇摆。"封城"后，他反而松了一口气，"不用纠结回不回国了"。

3月10日起，意大利的"封城"令扩大到全国范围，所有居民不得随意进出所在城市（除工作、紧急情况或医疗状况），否则必须提供自述声明。这次的举国"封城"行动，在意大利历史上绝无仅有，在欧洲乃至世界防疫史上也极其罕见。

梦琳：业余时加入志愿者小组

早上九点钟，生活在意大利中部佛罗伦萨的梦琳已准时到达办公室。平时她上班时会选择走路十分钟再坐两站轻轨；疫情暴发后为避免与过多人接触，她选择步行半个小时去上班。

梦琳在佛罗伦萨的一家私立语言机构担任教学秘书。全国"封城"后，学校大门关闭了，但是办公区还在一直运作。梦琳的工作有增无减，她需要协助通知和安排学生转网课，通过网络和学生、家长、老师等及时沟通，应对全球其他中介机构的咨询，为老师提供技术支持。

尽管工作时间比较弹性，但繁杂的事务仍会让她每天忙上九个小时。

以往加班时，梦琳和同事会去麦当劳就餐，3月10日，他们走到麦当劳却看到关店的标志，才想起来佛罗伦萨所有餐厅都得在当天下午六点后停止营业，他们只好绕到唯一开门的一家超市，买了两盒炸鸡块。晚上回家的路上，梦琳观察到，虽然街头变得比以往更空旷，但流浪汉、聚众喝酒的人反而多了。

除本职工作外，梦琳还加入了"帮帮湖北义务翻译群"志愿小组，

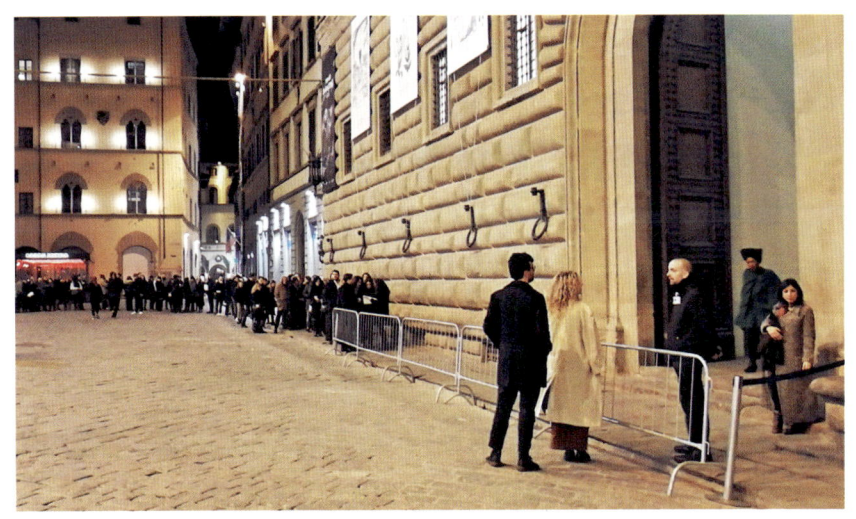

2月21日，佛罗伦萨艺术展开展，民众在现场排起长队。

梦琳每天上下班时经过的火车站。以往时这里人满为患，"封城"后立刻变得空空荡荡。

小组初衷是动员海外华人在全球寻求物资并且快速翻译专业性强的医疗器械资料。群里的翻译志愿者有两百多人，梦琳是其中的欧美语言组组长。"那段时间除了日常工作和吃饭睡觉，都在忙募捐和翻译工作。虽然我自己一个人力量微薄，但能做一点是一点。"

从意大利暴发疫情直至全面"封城"，梦琳都没有改变留在意大利的计划。

"这里，有我的工作，有同事、好朋友，以及常去光顾的小店老板，他们都是我生活的一部分，就像在中国，有我的家人、朋友和工作一样。"

梦琳认为，"疫情也好，环境变化也罢，都得全人类去面对。无论从人口的高频流动和病毒的隐蔽传播这一现实层面，还是从文化和政治国情等方方面面，都不存在逃去哪里就一定能把病毒躲过去这一说法。不管我们在哪里，就要积极配合当地的防疫措施"。

亲历法国"封城"一周

@ 法国巴黎

> 图片：尔尼 Erni（导演、航海旅行者）
> 文字：尔尼 Erni、曹颖
> 记录时间：2020 年 3 月 24 日

春节过后，我从成都去了巴黎。当地时间 3 月 16 日晚，法国政府宣布从 17 日中午开始，禁止民众非必要的出行和集体活动。法国进入"封城"阶段，全境民众居家隔离。我留守在巴黎的家中，再次亲身经历了疫情。

戴口罩不仅是为了保护自己，也是为了保护他人

2 月，我在国内过完春节，从成都到达巴黎，成为当时巴黎街头唯一戴口罩的人。

我很少出门，即使出门也从不摘下口罩。路人看着我，

一脸惊恐，偶尔还会窃窃私语。

我主动给疾病中心打电话要求检测，他们派来了医生。医生用围巾盖住口鼻，急匆匆地检查了我的呼吸和体温，并给我开了两盒药。

我不敢相信这位用围巾预防病毒的医生，又去诊所找了一位医生。候诊室只有我一个人戴着口罩，大家齐刷刷地盯着我。

我对医生解释道："我戴口罩不是因为我有病毒，是因为我想保护自己，也想保护别人。"

听说我从中国而来，她开始对我仔细检查——听诊，量血压，测呼吸，观察口腔黏膜。

在检查间隙，她向我道歉道："我想替一些法国人对你说一声对不起。病毒不论国籍。希望你不再遭遇让你不舒服的人或事。"

我问医生，为什么你们不戴口罩。

医生很认真地给我讲述了理由，"当时法国感染人数很少，很多人认为戴口罩没有勤洗手更有效。最重要的是人们没有戴口罩的习惯，往常只有病重的人才戴口罩，所以路人看到你戴着口罩会觉得害怕。"

仔细检查后，医生坚定地告诉我，我没有生病。她朝我微笑道："你需要好好休息，自我调节一下吧。无论发生什么事，最重要的是你可以去掌控它。"

我非常感动。我告诉她，她是我遇到的最好的医生。她开心地笑了。

走出诊所，我坐在公园里，第一次感觉到放松。公园里的枯木吐露出新芽，鸽子从我头顶飞过，让我觉得一切都会好起来。

我的决定令朋友们不解

3月,随着感染人数不断上升,市场上突然买不到口罩,但周围的人似乎感觉不到危机,依然继续聚会,继续看展览,继续派对。

而我却显得有些异类。好朋友的展览,我没有去;书店邀请我参加开幕活动,讨论出版事宜,我没有去。我不断告诉朋友们,少去人多的地方。有的朋友非常生气,他们说我谨慎过度。

我说,在这个时候自我隔离是更负责的决定,咱们以后再聚吧。一些朋友表示理解,一些朋友因此和我争吵。

3月12日,法国总统宣布3月16日开始停课,虽然就在五天前他还鼓励法国市民照常出行。法国媒体报道,在总统宣布停课的前几个小时,一份报告被提交至爱丽舍宫——"如果不采取措施,新冠肺炎可能会造成法国30万—50万人死亡"。3月13日,法国总理宣布所有不必要的店铺全部关闭。

在疫情不断加剧的过程中,逐渐有法国朋友开始支持我的立场,"谢谢你提出来,你帮我们做了一个更负责任的决定。"

为什么当地人对疫情不太在意?

3月15日,巴黎的所有店铺都在政府的法令下关门,但很多人依然毫不在意,大街上、公园里全都是人,还有朋友在家开派对叫我去玩。

一些法国人至今仍不屑一顾的态度值得深思,这些行为更加快了疫情的扩散速度。

关于这种反应，追溯其根源，也许来自法国人遭受恐怖袭击后对待生命要及时行乐的态度。"如果我们从此聚在一起不敢出门，那就是恐怖主义的胜利。"

可是在疫情面前，如果大家都出门，那才是新冠病毒的胜利。

"和流感差不多，只有老年人才会有危险" 是当时法国媒体的报道。因此很多年轻人对新冠病毒不屑一顾，却忘了身边有很多高风险者。

防疫抗疫不仅仅是自己的事情，更是所有人的事情。

坚决不做囤厕纸的人

3月16日晚上，总统再次电视讲话，法国将在3月17日起全面禁止民众外出，只有购买生活必需品、外出就医、附近运动、照顾独居老人或残疾人才被允许出门，而且必须携带出行证明，违规者将被罚款38—135欧元。

3月17日早上，我准备去超市买些隔离期间的食物。我先打印好申请表格，填好地址、出门理由、时间和姓名，并随身携带，以便随时给警察出示。出门范围规定必须在周边两公里内，所以我没有去大型连锁超市，特意去了附近一家小小的犹太人超市。进门后发现大家突然都戴了口罩，但是很多人都戴错了，口罩上端没有贴紧鼻子。我买了四包咖啡豆、红酒、香蕉、苹果、胡萝卜，还有甘蓝和鱼，可是厕纸却没货了。

厕纸的缺货，侧面证明了大家的慌乱。

早在政府宣布隔离之前，我就在超市里看到民众都在抢厕纸，那时我也犹豫要不要多买一包。

我努力稳住摇摆不定的心，告诉自己，一包就够了。我不能让恐惧情绪掌控我。

美国小说家 David Foster Wallace 曾经说，在繁琐无聊的生活中，时刻保持清醒的意识，不能让"我"被杂乱的、无意识的生活拖着走，而要由"我"掌控生活。

在采购生活用品这件事上，我做了一个确定性的决定，不疯狂囤货不仅可以保障自己，还可以保障别人，保障社会正常运转。

离开还是留下，都是人性的选择

回家上楼的时候，楼下的邻居正准备逃离巴黎。他说要去乡下，比城市里安全。很多朋友在政府宣布全面隔离的当天就离开了法国，好几个朋友问我要不要回国，我一时有点慌乱起来。

回国的直飞航班没有了，需要转机好几次。在多个机场候机，本身就很危险，而且回国之后还需要隔离两周。这时候，谁也不想自己被染上病毒，谁也不想做一个病毒传播者。

正当我烦躁之时，隔壁邻居吹起了笛子。听着他的笛声，我走到钢琴边坐下，配合他弹奏了起来。隔离第一天，我们隔着墙玩起了音乐。我一边弹琴，一边回想生命中经历的那些难忘瞬间。

汶川地震时，我在成都。我永远记得当时老师对着我们大喊："跑啊，跑！"我们一群人朝着楼梯冲去。墙壁在我眼前裂开。当我跑到操场后，心都要跳出来了，但我知道，我活了下来。

我也想起航海的时候，风暴突然来临，一个浪几十米高，打在船上，船简直都要翻了。船长对我们大吼："待在原地！不要动！"风浪变化迅速，任何移动都是危险的。几个小时里我一直紧紧地抓着绳子，直到风平浪静。

一曲弹毕，我终于有了自己的选择。我选择待在原地。

我努力告诉自己，不要因为恐惧而选择，也不要被现实拖着走，我要选择我相信的事情。

此刻的世界都在一艘船上。我决定原地不动，守好我的一片地。

每晚八点，站在阳台上为医护人员鼓掌

禁足开始后，每天晚上八点，我都会准时站在阳台上鼓掌——这是法国人民自发举行的向医护人员鼓掌致敬的活动。这是一天中最鼓舞人心的时刻。几乎所有人都会站在窗前鼓掌。

邻居是一位戏剧演员兼导演。因为疫情，他的工作被停滞了，现在在家写剧本。他问我家人怎么样，我说中国的疫情现在控制得很好，经过两个月的防控，家人现在可以正常出行、工作了，弟弟已经恢复上学，只有我每天焦虑得睡不着。

"我也是，睡不着。没人想到法国的疫情会这么严重。"他说。

"法国人没有意识到，疫情可能也会到来，" 我说，"整个世界都没有想到。"

即便如此，法国仍有一些非常有效的措施。比如将病患分散到各地医院，缓解医疗资源的压力；出台了个体户免房租、缓交税等具体措施；对于在法国工作的华人，如果自由职业者在这个月的收入相比去年同期减少了 70%，则可以获得 1500 欧元的补助。

人类要共同面对疫情,而非相互对立

最近在看一本书,叫 *I'm OK, You're OK*,书中说每个人都会经历三个阶段:第一阶段是一种儿童状态,觉得自己什么也做不好,需要别人帮助、指点;第三种状态是一种类似家长的状态,我什么都行,你什么不行,你要听我的;而第二种状态是一种成人心态——你不错啊,我也很棒。而这三种状态延伸到人际交往方面,就会得到不同的相处模式和结果。

隔离前,我在家附近的文森森林看书。到了森林空地,我摘下口罩大口呼吸。

在全球化的今天，每个人都是世界公民。这场全人类的战"疫"，正如气候危机一样，需要每一个世界公民承担责任，也需要改变彼此的相处方式。

疫情初期，有人责怪武汉，有人责怪中国。再后来，有人指责欧美。接着，我指责你，你指责我。这些人从恐慌传播者变成了歧视传播者，又变成了愤怒传播者。

也许时间会帮助我们相互理解，学会给予支持和关心，而不是一味地怀疑和批判。

"你好吗？我很好，希望你也好！"

我相信，这场不幸的灾难终将过去。这个艰难过程正在向我们敲响警钟，提醒我们去思考——全球人如何在这样的时代下共同生存？

也许你可以想想，作为一个普通人，这个时候可以做些什么？

隔离期间，我与朋友们建了一个疫情互助的微信群，每周给大家安排一个居家隔离也可以完成的小挑战，专注于培养表达力、感受力、自信力和共情能力。群里有很多来自世界各地的积极面对疫情的年轻人，大家聚集在一起，彼此陪伴，相互鼓励，将这段艰难时期变成一段与自己独处、让自己成长的时光。

给需要的邻居送去口罩

法国全面隔离第八天，我收到母亲从国内寄来的口罩，并把其中一部分送给有需要的邻居们。

很多人一直没有买到口罩，每次出门只能裹着围巾。一位90年

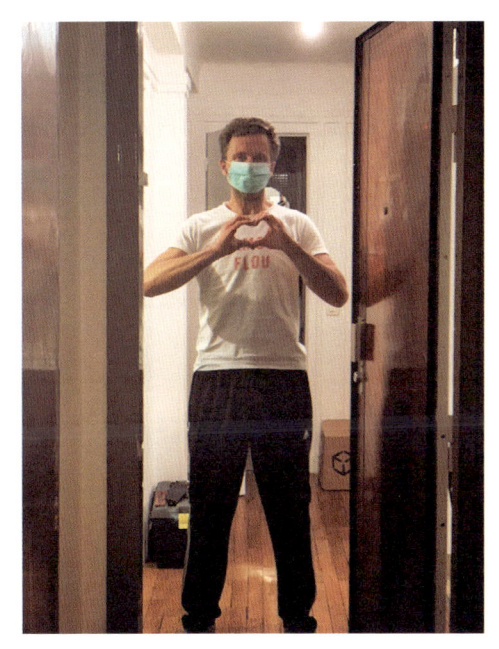

收到口罩的邻居向我比了个爱心手势。

代时曾在中国旅行的邻居，用中文对我说了声"谢谢"。

疫情面前，人性中最包容与最自私的一面都被无限放大。如果我们互相指责，将会是病毒的最大胜利；如果我们互助与信任，才会真正感受到世界的完整与丰盛。这里有自己，有他人，还有世间万物美妙的生灵，正如鲁迅先生所说："无穷的远方，无数的人们，都和我有关。"

罗马最著名中餐馆之防疫抗疫

@ 意大利罗马

> 口述、图片：周芬霞（中餐馆老板）
> 执笔：孙佳怡
> 记录时间：2020 年 3 月 26 日

周芬霞坐在家中的沙发上，看向窗外。路上没什么人，车不多，很安静。今天是她在罗马经营的杭州饭店停业的第 23 天。

在当地，杭州饭店名气很大，从 2001 年起连续 20 年上榜意大利美食和美酒权威集团 Gambero Rosso 的推荐指南，被誉为罗马最有名的中餐馆。

餐馆老板周芬霞

1997 年，来自浙江农村的周芬霞从老公的叔叔那儿接手这家杭州饭店，并一直经营到现在。餐厅中央挂着一面中国国旗，天花板上吊着红灯笼和中国结，墙上挂满了曾在此吃

周芬霞曾出现于 GUCCI 2018 早春系列广告大片《罗马狂想曲》（Roman Rhapsody）。

Gucci 模特们与周芬霞（中）在杭州饭店合影。

饭的意大利明星和政客照片。

松鼠鳜鱼、京酱肉丝、芋头扣肉、狮子头……杭州饭店提供各种中国美食。来自全世界的食客用西班牙语、英语和意大利语在社交平台上留言"食物太棒了""我会再来吃的"……

杭州饭店生意一直很好。每晚八点一刻，顾客开始涌进餐厅。九点前，150 个座位通常就已座无虚席。周末高峰时，会有 100 多人在前台排队。"若着急用餐，请勿在此等待。"前台处写道。

然而，新冠疫情改变了这一切。

我们是中国人，不是病毒！

"武汉疫情暴发之初，当地媒体说这个病毒传染性很强。意大利人觉得到中餐馆吃饭可能会被感染，于是我们的生意一下子就萧条了。"周芬霞回忆道。

"那个礼拜，每天晚上餐厅的座位都坐不满。1月24日，五个大桌的客人都取消了预约。"

那段期间，当地人对中国人的歧视情绪悄悄蔓延。

有意大利媒体报道，一家位于罗马市著名旅游景点特雷维喷泉前的咖啡馆门前贴了张告示，上面写道："由于采取了国际安全措施，因此不允许任何来自中国的人进入。由此造成任何不便，敬请谅解。"

周芬霞很生气。"我们是中国人，不是病毒！"她在接受一家欧洲媒体采访时说道。

当地时间1月27日，她在自己的社交媒体平台上写道："最近关于中国的新闻给当地的华人社区带去了很多压力，夸大的新闻只会造成不必要的恐慌。我们餐馆想让您放心，我们所有的食材都是可追溯原产地的，我们的员工近日也都没有回过中国。"

这条消息很快获得了近千个赞，网友留言"我们很快来拜访您""我们与华人社区同在""马上见"等，同时也引来了很多媒体的关注。

1月29日，来自四家不同媒体的记者去店里做采访。第二天，又来了五个记者。

她一个人接待不了那么多媒体，便把儿子和女婿叫来现场帮忙。

罗马市市长和传染科医生都来了

1月30日,意大利总理宣布取消所有往返中国的航班。1月31日,意大利宣布全国进入为期六个月的紧急状态。

可是周芬霞觉得,她的意大利朋友们对疫情的警惕性依然不足。"他们说,这就是感冒,不要紧。根本没把它当回事。"

当地的华人社区却表现得远比本地人更谨慎。疫情在中国刚暴发的时候,华人便纷纷购买口罩、消毒液等,并寄回中国。

原定于2月2日在罗马举行的春节庆祝活动也取消了。该活动原本每年都办,但是今年,大家觉得中国遇到了疫情,此时不适合庆祝春节,同时担心病毒的传染风险。

"以前,每到春节时,都是我生意最好的时候。我们餐馆跟举办这个活动的公园距离比较近。去年春节时餐馆从早忙到晚,今年却连座位都没坐满。"

2月1日,罗马市市长 Virginia Elena Raggi 打来电话安慰周芬霞:"一定要挺住,我们跟你们在一起。疫情很快会过去的。"

当天,意大利中部城市佛罗伦萨市市长 Dario Nardell 发了一条带有"拥抱一个中国人"标签的推特,同时还配了一段视频。他对人们说,要理性看待疫情,不要散播仇恨和排外情绪,他们和华人社区同在。在视频最后,他还特意拥抱了一个中国人。

这种理性情绪很快传到了意大利艺术界。

2月4日,周芬霞一醒来便收到很多朋友发来的消息,内容都是同一张图片。图片里,戴着口罩、穿着白色防护服的她被画在涂鸦墙上,旁边配有文字"有一种无知正在传染,我们必须要保护好自己"。

意大利的一家通讯社对此进行了报道。报道说，这张图位于罗马人流量很大的 Vittorio 广场一个入口处，寓意人们要团结，不要见到中国人就害怕被传染。

壁画的创作者是街头艺术家 Laika，她在罗马以画壁画而闻名。

涂鸦墙上画的是戴着口罩、穿着白色防护服的周芬霞。

罗马市市长与周芬霞聊了一个多小时。

一周后的早晨，周芬霞突然接到一个电话——罗马市市长要来参观她的餐馆。

周芬霞特地选了一件紫红色花图案的唐装，这是她第一次穿这件衣服。"大家一看到我的衣服，就能知道我是中国人。"

下午一点半左右，市长一行来到了杭州饭店。周芬霞泡了一壶中国茶，茶里放了姜、枸杞、红枣。

周芬霞本想邀请市长吃午饭，但市长说工作期间不方便，周芬霞便让厨师准备了一份春卷。她们边喝茶、吃春卷，边聊天。市长鼓励她要乐观、要坚持，困难只是暂时的，还表示一定会支持整个华人社区。

离开前，市长给了周芬霞一个拥抱。"那时，意大利人看到中国人，就误以为我们携带了病毒。她跟我拥抱，就像在说：看，我都没有怕，你们害怕什么呢？"

周芬霞的中餐馆很快恢复了正常。2月14日，餐馆满客，队伍都排到了100多号，有人排队排了两个半小时。

2月20日，餐馆来了一群特殊的顾客——一家罗马综合医院传染疾病科的近二十位医生。

那天晚上人很多，周芬霞在店里忙前忙后。吃完饭，顾客们纷纷要求和周芬霞合影。他们还准备了一块牌子，上面写道"我们不害怕去中国餐厅吃饭！"

顾客们纷纷要求和周芬霞合影。

决定暂停营业

生活回归正常了，周芬霞却开始警惕了。

2月21日，意大利北部疫情恶化。伦巴第大区出现了14个新增确诊病例，邻近的威尼托地区又宣布了两例确诊病例。政府表示，在这些疫区，禁止所有公共活动，并关闭学校、办公区和运动场馆。

2月24日，世卫组织总干事谭德赛在讲话中提到，意大利的病例骤然增加，令人深感忧虑。当天，一支由世界卫生组织和欧洲疾病预防和控制中心组成的专家队伍抵达意大利，协助当局了解情况。

"意大利北部的朋友打来电话说，他们那边疫情很厉害，我当时就感觉不太对。罗马也开始有确诊的患者。餐馆所在的区域人流量大，我都不知道客人从哪里来，有没有携带病毒。"

杭州饭店所在的Esquilino街区以多元丰富的文化和种族构成而出名。该区域位于罗马火车站附近，经常有来自世界各地的人。

2月29日，周芬霞在社交媒体平台上发布了两段内容相同的视频，一段是意大利语，一段是中文。在视频里，一位客人走进她的餐厅，她们用手肘碰手肘的方式进行问候，同时配音响起："抗击病毒，新式问候，耶！" 她希望可以用这个方式让意大利的朋友们提高防护意识。

3月1日18时，意大利共有新冠肺炎病患1577例，比前一天增加了50%（528例）。意大利国家卫生研究所传染病部门负责人乔瓦尼·雷扎说，预计未来几天确诊病例数还会以较高速度增长。

周芬霞想暂停营业，又担心这一举动会带来恐慌，也担心老顾客们会生气。

3月2日，周芬霞召集了她的家人和员工们，讨论要不要停业。厨师说，这几天干活儿都提心吊胆的。大家都觉得，疫情具有很大的不确定性。最后大家一致决定停业。

第三章 | 人在全球

第二天，杭州餐馆正式暂停营业。

周芬霞发布消息："非常遗憾，餐厅即将关闭直至4月30日。因为新冠肺炎引起的恐慌正在影响着所有人，我的员工们也为此担忧。出于这个原因，我做出这个决定。我本人将留在罗马，留在餐厅，无论谁来，我都会很乐意地为他提供咖啡或茶。"

停业第二天，周芬霞就接到十几家媒体的采访。"记者们都想不通我为什么要停业，一直问我原因。我只能这样解释——因为中国已经经历过了，我知道这个疫情的严重性。"

"封城"后，当地人开始恐慌

1975年，意大利曾颁布法律，禁止戴面罩（包括口罩）。2020年3月2日，意大利紧急出台了一项应对新冠肺炎疫情的法令，允许民众使用口罩或类似的防护器材。

3月9日晚，意大利总理Giuseppe Conte宣布，为应对疫情升级，意大利将从3月10日开始在全国范围内实行"封城"禁令。

周芬霞说："这个命令一宣布，大家都跑出去采购了，并且都间隔一米地排着队。意大利人终于对疫情谨慎起来了。"

不过"封城"似乎并没有影响意大利人热爱歌唱的习惯。

3月14日，罗马市市长在社交媒体平台上发布了一条信息，鼓励人们多看看窗外，走到阳台上去，跟邻居们相互问候；如果想唱歌，就挥起手唱出来。大家要振作起来！

周芬霞的好友，意大利音乐人Giuliano Sangiorgi马上响应了这一号召。他随后在社交媒体平台上发布了自己在阳台上唱歌的视频。

画面里，他弹着吉他唱着歌，住在对面的人跑到阳台上为他鼓掌、欢呼。这支视频收获了 42.2 万个赞。

周芬霞觉得，还要为这次疫情中的意大利华人点赞。"这里来了很多救援的中国医生。有的留学生帮忙义务翻译，有的华人把口罩送给邻居。"

我们是同一片海里的浪花

意大利卫生部于 3 月 20 日宣布，从 21 日起关闭该国所有的公园和其他公共场所，一切室外休闲活动均禁止举行，尽量在家里健身。

罗马市市长表示，罗马街头已经喷了约 30 万升消毒剂，并且加强了警力巡查，尤其是公园、市场和夜生活场所，希望所有人都可以遵守规则，呆在家里。

截至 3 月 25 日，意大利共有 69716 人确诊，累计死亡 6820 人，成为当时世界上因新冠病毒死亡人数最多的国家。

但她觉得疫情一定会过去。"现在想吃的时候就吃，想睡的时候就睡，无忧无虑的。今年上半年我也不打算做生意了，保持身体健康就够了。"

她想着，等重新营业的那一天，一定要给所有客人免单。

"这话我已经说出去了，到时候我一定要庆祝一番。"

几天前，她在社交媒体平台上转发了一条中国医疗队前往意大利救援的消息，并用意大利语评论道："我们是同一片海里的浪花、同一棵树上的叶子、同一座花园里的花朵。"

英格兰"封城"日记

@ 英格兰杜伦郡

> 图文：灵子（前媒体人）
> 记录时间：2020 年 3 月 31 日

一大早，吉姆发来一条短讯："难以想象我是三周前提交的博士论文，恍如隔世。这段日子变化太快了。"

三周以前，我们还开开心心地每天去学校，一起吃午饭、喝咖啡。当地时间 3 月 3 日那天，我特意陪吉姆去交论文，拍照留念，然后大家去酒馆庆祝，喝到微醺。

吉姆今年 71 岁，当年从工程师岗位退休之后，花七年时间读完了社会人类学博士，论文主题是杜伦（Durham）源远流长的矿工文化。

大家借着酒劲儿打趣他："接下来你打算做什么呢？做个博士后？"

吉姆一脸认真地回答："是有这个考虑。不过我得先去苏格兰骑行，放个假。"

然而，仅仅三周后，他的小计划竟变得如此遥远和奢侈。

一切都有点不真实

早在 3 月 12 日，约翰逊政府第一次宣布全国进入公共卫生高风险阶段时，就建议 70 岁以上人群在未来三个月内不要出门，做好自我隔离和防护。

吉姆打算趁这段时间重新拾起吉他。"等咱们常去的民谣酒馆再开门，我弹给你们听。"

下午时分，我与法国室友詹娜出门散步，从河边走到了市中心。

杜伦其实更像一个小镇，全市常居人口约五万人。所谓市中心，也就是交汇于中心市场的三条短街。

这里有大学城，也是旅游城市，杜伦大教堂与城堡是世界文化遗产。平时人来人往，游客、学生、本地居民络绎不绝。中心街道上咖啡馆、酒馆、饭馆、商店林立，街头时常有艺人在弹奏歌唱。一切都生机勃勃。

如今，一切都不见了。

几乎所有街头都没有人，无论哪个转角、哪个方向。

几乎所有商铺都关了门，窗玻璃上贴着各式各样或手写或打印的告示——"保重，希望很快再见到你！""无限期关店。我们也希望有别的办法。""我们会回来的！"

只有市中心的 Tesco 超市

暂停营业的商铺。

第三章 ｜ 人在全球　　189

和邮局还开着,顾客寥寥无几,门口的工作人员严格控制着进店人数。

我在杜伦生活了将近一年半,对这几条街无比熟悉,但今天也生出一种异样感。仿佛穿行于一个主题公园,身边都是布景。这里好像刚刚落成,即将开业,又或者即将倒闭。

一切都有点不真实。

至少也要与家人在一起

这几年,我一直就读于杜伦大学社会人类学系,去年读完硕士,今年1月参加毕业典礼。本打算在3月底签证到期之前四处游玩一下,没想到疫情日渐严峻,最终哪儿也没去成。

空荡荡的杜伦城市中心,鲜有行人经过。

前阵子由于中国国内疫情发展凶猛，英国航空、维珍航空等在内的几大欧洲航班相继减少了飞往中国的次数。眼看国内疫情趋于稳定，不料欧洲疫情又恶化起来。3月12日起欧盟关闭了边界，一些成员国更是谨慎地关闭了机场。接着，英国的状况也不容乐观，交通受到限制，不断传来机场关闭或航班取消的消息。

伦敦或曼彻斯特回北京的单程机票，正常情况下的票价是300磅（约2600人民币），因为疫情一下子涨到了3000磅，而且是需要转机两三次、时长三四十小时的票价。如果是直航，大概要六七千磅，相当于人民币五六万元。然而，抢到票也未必走得成，航班和机场的状况一天一变。有英国留学生归国之后说，改签八次后才终于回家。

其实不只中国留学生，其他国家的留学生也都选择在英国彻底"封城"之前抢票回家。即便未来数月不能出门，至少也与家人在一起。

还有一些人选择回家是无奈之举。我的希腊朋友小E就是如此。她是自费读博，仅学费就已经花光家里积蓄，日常开销则需要打工维持。平时，她靠助教工作和在餐馆兼职来承担房租和三餐费用，但是疫情一来，学校停课，餐馆关门，两份收入都没了。她不知道这种状况会持续多久，如果留在杜伦，很可能支付不起未来几个月的房租。于是她匆匆买了机票，赶在英国"封城"之前回到了家里。

"封城"以后，人们反而变得踏实了

自"封城"以来，人们反而变得踏实了。没有其他选择，除了采购和散步，大部分时间只能在家待着。

好在还可以散步。相比其他大城市，被困在杜伦的人幸运太多了。这里有大片的农场和郊野。城区有威尔河蜿蜒穿过，两岸小径更是清幽静美。无论哪条路都少有行人，完全不必担心社交距离；大多时候，周边十米、二十米都无人经过。

"封城"以来我第一次去大超市Tesco。进门需排队，地上贴着标记线，提醒大家要间隔两米。每家只允许一人进店，带小孩的单亲家长或其他特殊人群除外。我进门时，听到有名男子被警察问话："你上午已经来过了，怎么又来一趟？"

超市里每五分钟就会播放一次录音，提醒大家要与他人保持安全距离，不要囤积物品，但厕纸、免洗手液还是不见踪影，意大利面、食品罐头和面包的架子也空空荡荡。货架上提示每人限购几件，

日常散步途经杜伦郊野。

杜伦城区有威尔河蜿蜒而过,两岸小径清幽静美,少有行人。

要为他人考虑。即便出门时选择自助结账，也会有工作人员查看购物车是否超标。

不过，相比前几天，如今超市已经有序得多。除了几样抢购热点，绝大部分物品都很齐全，新鲜食材更是供应充足。我们差不多一周来两次，从未出现买不到必需品的情况。这种有序让人颇为安心。

禁足第三天，我们做了日程计划表，生活逐渐变得有趣起来。

偶遇的乐趣

3月27日，我照例去河边散步，在桥头处远远地看到一个熟悉的身影——紫色头发，绿色背包。我忍不住嚷起来："莫莉！莫莉！"

莫莉是美国人。3月初，她回美国后告诉我："人人都在谈新冠病毒，没有别的话题。"她的常住地西雅图成为当时美国最大的新冠疫情暴发地区之一，当地一所针对老年人的护理中心已经出现了19例死亡。

因为"封城"，我们已经很多天不见，此刻偶遇彼此都很惊喜。笑脸相迎，在两米开外处停下来，互相做了一个热烈拥抱的动作，似乎大家已习惯了这种表达方式。

这一点点小事足以点亮一天的心情。

难以想象的夏日图景

3月28日，"封城"第五天，更多心理层面和情感层面的问题浮现出来。

英国同学 S 是一名单亲爸爸，疫情之前正在与前妻协商儿子的抚养权。在社会机构的帮助下，他原本可以每周把儿子接过来住一天，但是"封城"改变了事态的发展。他现在无法去另一个城市接儿子，担心此前刚刚恢复的亲子关系就此前功尽弃，但也别无他法。

更多的人在经历孤独。独居的人，与爱人或家人被迫两地分居的人，独自住在养老机构的老人，都陷入了不同的困境。

我还算幸运，与大学里最好的朋友做室友，可以每天一起聊天，一起散步，一起吃饭，一起看电影，有时候甚至觉得时间不够用。

我还做了一个新计划——每天去主动问候一个见不到面的朋友。

与此同时，我也不断收到朋友们的问候。很多人得知我独自一人住在英国，都来嘘寒问暖，让我颇为感动。还有人提出要寄送口罩、手套、防护服、护目镜等防护物资，以及艾草等中药，均被我一一婉拒。即便如此，相识 25 年的发小还是不容分说地直接寄给我三个包裹。

如果只关注这些瞬间，只关注窗外风景，生活便变得极其温暖，很难想象新冠病毒肆虐的凶险。

当天，英国新增新冠肺炎确诊人数为 2510 人，新增死亡人数为 260 人。死亡数再创单日新高。傍晚时疫情发布会上，英国国家医疗服务体系（NHS）负责人 Stephen Powis 说，如果能将死亡人数控制在两万人以下，就算做得不错了。这样的"前景"听起来相当冷峻。

晚上开始，英国改为夏令时了。夏天会是什么样的图景？还很难想象。没有酒馆开张的英国，也颇为陌生。但愿回归日常为期不远。

不谈国与国，
我们帮助的是一个一个的人

@ 美国波士顿

口述、图片：Apple（教育工作者、志愿者）
执笔：张茜
记录时间：2020 年 4 月 1 日

我是居住在波士顿的中国人。

3 月中旬，我开始从同胞手里收集口罩等防护物资，以便捐赠给有需要的医护人员，解决他们的燃眉之急。从 3 月 20 日到 3 月 24 日，仅四天时间，我们便收集和捐赠了一万多只口罩。

中国疫情严重时，美国人很关心我们，经常问"中国怎么样了""家里还好吗"，但同时他们对这件事又不太上心。美国疫情初见端倪时，我提醒他们要注意防护，他们却表示："只是比流感厉害一点啦。"民众疏忽大意下，造成了美国现在的严峻之势。

我们不能袖手旁观，因为——覆巢之下，安有完卵？

美国民众和科学家们的想法

2015 年，为了求学，我从北京搬去了波士顿。目前，我从事教育行业，和伙伴穆丹一起致力于科学启蒙教育。

当地时间 2020 年 1 月 20 日，华盛顿斯诺霍米什郡急诊室确诊了一例新冠患者。与此同时，中国暴发了疫情。我开始密切关注国内新闻，为同胞而着急。

我是一个喜欢热闹的人，每逢春节都会邀请几十个中外朋友一起庆祝。但现在，作为一名接触范围广的中国人，我不想让他们感到不适。因此，除了学生、家长和必要的同事之外，我几乎不与任何人见面。

波士顿的华人彼此也不怎么见面。大家都躲在家里，尽量不出门。在美国，我估计感染新冠病毒的华人同胞不会很多，因为我们比美国民众更早知道新冠病毒的传染性，更早开始谨慎对待和预防。

2 月 26 日，CDC（美国疾病控制与预防中心）宣布美国出现了首例社区传播病例。我当时特别为一位 60 多岁的美国朋友感到着急。她喜欢当志愿者，喜欢帮助别人，所以经常出没于各种各样的群体活动中。我苦口婆心地跟她说："您暂时不要去教堂啦，不要再做志愿者啦！您这个年纪很容易被感染新冠病毒的。"她却说："等政府宣布不能聚会、不能出门时，我才会停止。"

大多美国媒体关心的是中国"隐瞒了什么""'封城'不人道"等，而不是关心疫情下有多少人感染、多少人死亡、多少医护人员缺防护物资。如果美国民众能读懂中文新闻的话，他们一定会谨慎起来，一定会做好疫情防护，但可惜他们得不到太多信息。

3月11日，WHO（世界卫生组织）宣布新冠肺炎是一种大流行病。3月10日至15日，美国感染新冠肺炎的患者人数迎来第一次波动。3月16日之后，感染人数开始直线上升。

超市为了控制客流量，采取限流方式，顾客们都在门口排队。入口处一位年轻的美国小伙儿手握一瓶免洗消毒液，谁进去，他就对着谁的手喷一下。

我问他："你怎么不戴口罩呢？"

他说："CDC建议没有症状的人不用戴口罩。"他还说，自己暂时不打算买口罩，"要把有限的资源留给医护人员"。

这是美国人的典型想法。他们是一个个善良的人，即便不相信政府，也相信权威部门和科学家的话。

当然，也有例外。在意大利暴发前，我问一名麻省理工学院的科学家如何看待这次疫情。

他说："我一直密切关注着韩国和意大利是如何应对的。如果他们崩溃了，那美国也危险。"他不相信别人的话，靠他自己所分析出的数据做出了"情况不乐观"的判断，并提前储存了物资，把自己隔离在家。

波士顿很多医生没有口罩

为了给国内筹集物资，此前我就准备了22盒共计330个N95口罩。只是等到货的时候，国内口罩已经不太紧缺了。我便把一部分口罩分给了身边的朋友们和准备回国的中国家长们。

3月17日，邻近的罗得岛州一家医院确诊了四名新冠肺炎患者，不巧有位朋友在那里工作。我问她："我有 3M 口罩，你需要吗？我哪儿也不去，可以送给你。""我老公用得上。"她说，她丈夫在医院急诊室工作。第二天一大早，她就来取走了口罩。

我又想到另一位朋友，她老公也在住院部工作。我问她老公有没有口罩，她答复"没有"，我便赶紧送给她一盒。

当很多医生朋友主动跟我说需要口罩时，我意识到情况有些严峻了。他们告诉我，波士顿医院的检测速度跟不上，很多急诊室的医生没有口罩，也没有防护服和护目镜，每一个急诊室里都有潜在的新冠病人。

我将剩余的六盒口罩送给那些医生朋友们，但他们收到口罩后并没有自留，而是自发性地分给了科室的同事们。

我把医生急缺口罩的困难告诉了穆丹和其他朋友后，他们也第一时间将口罩全部送了出去。

艰难时刻，守望相助

送完口罩的第二天，穆丹建了一个群，号召波士顿的华人给医生们捐赠口罩。

建群刚一周时间，就陆陆续续加入了 270 多个人。大家自发性地工作，能捐的捐，能送的送，能收集的收集……不方便出门的志愿者们就在家里统计、统筹和征集捐助信息。

从 3 月 22 日下午四点一直到次日凌晨零点，我和一名俄罗斯朋友开车跑了 10 个地方，给九名医生送去了 732 个口罩。但我们还不是最辛苦的，有的志愿者一天要跑 20 个地方。穆丹时刻守着手机，协调各方医生的需求和志愿者捐赠信息。

一开始，我们开车一处一处去收集，再一处一处分配，有一次我开车开了 48 公里才取到捐赠物资，效率很低。后来，我们设立了 12 个捐赠站，每个志愿者负责一个区域，工作效率很快得到提高。我们制作了一份需求表，包括医生的姓名、电话、邮箱、所在医院和部门，以及他们需要的物资种类、提取方式、紧急程度等信息。3月24日，我们收到了八名医生的求助，当天就帮他们解了燃眉之急。

很多人担心我们志愿者团队的防护措施，嘱咐我们要小心被传染。其实我们一般和医生不直接见面，只是把口罩等物资分装在手提袋里，放在医生指定的地点，全程不会直接接触。偶尔遇到他们来取物资，彼此也不会过多交流。

有一次，我给一位同胞送口罩。她家里有两个孩子，一个两岁大，一个两个月大。丈夫在医院急诊室工作。这位妈妈之前已经从网上下单了 N95 口罩，但还没有收到，所以向我们求助。当天我们就把防护用品送了过去。等她收到她自己买的口罩后，又立即联系我们，将她的口罩全部捐了出来。刚好，我接到另一名医生的紧急求助，他马上就领到了同胞捐赠的 90 个口罩。

还有一位家属特意给我们写信，以示感谢。此前，他们家有四个医生，都没有防护措施。她时刻揪着心，特别焦虑。信里她说："你们送的口罩，让我放心很多。"

一位医生不巧接诊了一例确诊病人，所以她必须 24 小时留在医院。但她既没有口罩，又得照顾新冠病人，她的家人十分担心。她丈夫属于密切接触人员，不能随意出门，还得在家照看三个小孩。于是，我去他家，隔着门把口罩送到他手里。我很痛心，希望尽可能地帮助他们。

当美国人问起我们是什么组织时,我说:"我们只是一群希望能在艰难时刻帮助到医护人员的中国人。"

一位同胞把捐赠物整齐地放在家门口,等待志愿者收取。

这位同胞特别害怕病毒,已经十多天没出门了,但她还是将国内寄来的防护物资捐给了波士顿的医护人员。

深夜时，我给塔夫茨医疗中心手术室的医生送去医疗物资。

志愿者同胞 Ping 给剑桥某医院医生送去 N95 口罩。

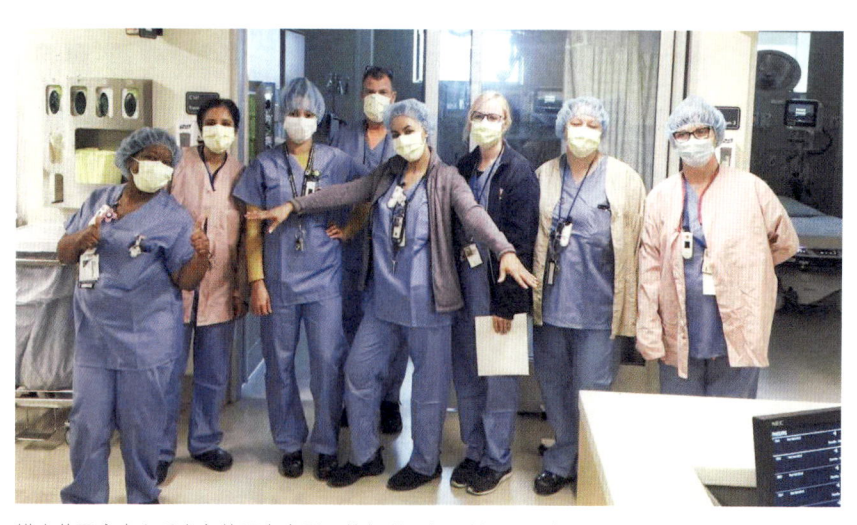

塔夫茨医疗中心手术室的医生合影。他们说，想要拍照，想把照片上传至社交媒体，想感谢中国人。

为什么我们要帮助美国人

自从发起志愿者活动后,我的生活有了很大改变。只要我在家,全天都在忙这件事。早上六七点醒来,第一时间就是回复群里的消息。有些人想定点捐赠,有些人害怕出门,希望我们帮忙送去,这些需求都要统计和协调。

我看到有人传播华人受歧视的消息,我认为绝大部分消息都是未经证实的或片面的。我在波士顿,美国人或其他国家的人从来没有因为我是中国人或中国有疫情而歧视我,或者转变他们的态度。即使我戴着口罩出门,我也没有感觉到任何人投来异样的眼光,他们也没有出言不逊。

美国很大,每个州的情况不同,构成的人群也不同。比如,我曾到美国中部密苏里的一个地方游玩,那里没有华人,连有色人种都很少,可即便如此,他们也没有排斥我,反而因为突然出现了一个中国人而觉得有意思,想要跟我交流。

一开始我们组织捐赠活动时,也会听到质疑声——"为什么要帮助美国?"

我告诉他们:"疫情之下不谈国与国,我们帮助的是一个一个的人。"

不仅350多名居住在波士顿的华人不计较得失,将自己好不容易买来的口罩全部捐赠给医护人员,就连国内的朋友也主动帮我找物资,集资捐赠了1000个N95口罩。

还有家长跟我说:"Apple,我没时间买口罩,我给你钱,你帮我买吧。"我从没号召过捐款,但他们都不约而同地捐了款。

早期，我一共收到4.14万元人民币。我用这笔捐款购买了1000多个医用口罩和1000个N95口罩，之后便不再接受任何捐款。还剩下一些钱，我打算捐给本地的非营利机构——波士顿家庭救助中心。该中心曾援助了2000多个因疫情而无家可归的孩子和家长，给他们提供了食物和物资。

我不认为捐钱是一个最有效的方式，因为医院更缺物资。我更希望大家把手里现有的口罩捐出来，尽快送到医生那里，让他们得到基本的防护。

前些天，我听到了一个好消息——麻省总医院收到一大批物资。之前联系的两名医生，也回话说暂时不缺物资了。

情况在好转。我终于可以安心睡一觉了。

疫情下的美国西雅图

@ 美国西雅图

> 文字：许晔（留学生）
> 图片：万乾益
> 记录时间：2020 年 4 月 3 日

直到 3 月 6 日，在学校附近一家面馆里吃完了午饭，收到教授把原定在图书馆进行的论文答辩改成线上的通知邮件时，我才对这场影响了全世界的疫情有了最实质的感受。

虽然是午餐时间，餐馆里的顾客却只有我一个。服务员是个年轻的中国女孩。我告诉她，3 月 9 日开始学校就要关闭校园了。她看起来有些担忧，倒不是为了疫情，而是为了生意。她问我，即便学生不出来吃饭了，也会点外卖的吧？

就在那天，学校的一个雇员被检测出感染了新冠肺炎。华盛顿大学成了全美第一个因为疫情关闭校园的大学。

在此之前，这场肺炎像是存在于另一个空间似的。它肆虐在大洋彼岸，我只是每天从新闻上和朋友圈里看到它。2 月国内情况最严重的那段时间，我给国内的公益组织和校友会捐钱，给父母打电话，让他们出门一定要戴口罩。短短一个月后，我变成了那个每天被慰问、被远程耳提面命的人。

一只失控的火箭

当地时间1月21日,西雅图出现了全美第一例新冠肺炎患者。当天,我和同学去校医院领了两个口罩,戴了两天。但这条消息就像是投进湖里的小石子,掀起了些许涟漪,随后又被日复一日的生活抹平了。我也不再戴口罩,觉得西雅图还是风险很低的地方。直到3月初,西雅图柯克兰一家养老机构里确诊了好几例。感染的都是老人,死亡案例也开始出现了。西雅图人民和我自己才开始正视这个病毒。

坏消息跟随着疾病和死神的脚步越来越近。先是亚马逊一名员工确诊,第二天Facebook的一名员工确诊。两天后,华盛顿大学一名雇员确诊。之后,学校宿舍里一名学生确诊。确诊人数和死亡人数越来越多,你能看见那条曲线经过一个和缓的上升后,像一只失控的火箭,窜向了令人胆战心惊的高度。

生活的节奏被全部打乱了。3月9日至3月13日是冬季学期的最后一周,很多学生都已经开始复习,准备期末考试了。但疫情和校园关闭让很多老师不得不更改考试方式。比如我的一门课原定是八个小时的开卷考试,干脆被改成了期末论文。

教学全部移到了网上。有些教授对"虚拟会议"这种新技术很不在行。就比如我答辩的那次,一位教授上线,她因为不熟悉系统操作,把我和另一个老师从虚拟会议室里"踢"了出去。还有些老师觉得这对教学很有影响。一位老师抱怨说,十几个人的研讨课还可以接受,但几百人的大课就很难操作。美国大学对课堂参与讨论的要求很高,几百人在虚拟课堂上发言,想想就应该会很混乱吧。但大家不得不适应。接下来所有的聚集活动都必须在网络上进行了,甚至连春季学期的课，也全部改成了线上教学。

我是提早毕业的，原本打算毕业后用 60 天的宽限期（国际学生毕业后仍可持 F1 签证合法居留美国 60 天）在美国旅行，从西到东、从南到北地好好玩一玩，结果现在连西雅图市区都不能去了。跟我同期毕业的同学里，有两位已经回国了。我和家人商量了一下，觉得这个时候坐飞机回国，一路上会有接触病毒和交叉感染的风险，所以选择暂时留在西雅图，等到疫情过去之后再说。至于还要留在美国多久，我完全没有答案。

这种不确定给我带来一系列繁琐但要命的问题。比如我是不是要申请 OPT（持美国 F1 签证的学生毕业后可以享受的为期一年的实习时间），来保证我在两个月后还可以合法居留在美国？毕业后学生保险就失效了，我该去哪儿购买短期医疗保险？美国的医疗十分昂贵，如果没有医疗保险，生病会是一件十分奢侈的事情。以及在这段被迫居留方寸之地的时间里，我该做些什么才不会浪费时间呢？

3 月 31 日的华盛顿大学校园。拉起警戒线，提醒人们勿聚集。

疫情还无情地剥夺了社交。人们用"虚拟会议"开发了很多玩法，比如开着视频吃饭，就算是聚餐了；开着视频喝酒，就算是凑了一个酒局。上周末，我跟朋友们开着视频玩了一次剧本杀，效果虽然不如面对面，但也算是满足了社交需要，否则一直一个人呆在家里，实在是太难熬了。

在西雅图疫情暴发后，我成了国内亲人们的重点关照对象。他们给我寄了口罩，有时还会在微信上与我分享国内专家的分析文章。有趣的是，他们从国内网络上获取到的信息，与我自己感受到的有挺大差距。在他们的描述中，美国已经在崩溃边缘摇摇欲坠了。或许他们出于关心，会把情况往坏了想。但其实，就我居住的地区而言，因为远离市中心，人口少，每天还能看见有人出门遛狗和带小孩。前几天风和日丽的，还有一家人在门前的树下铺了层毯子野餐。花开得簇簇团团，小孩也玩得挺开心的。

前几天，还有一家人在门前的树下铺了层毯子野餐。

等退税支付账单的美国朋友

跟很多美国人相比，华人的准备还是要充分很多的。

2月底到3月初，我总能在校园里和公交车上看到有人戴口罩，但基本都是亚裔面孔。对很多美国人来说，只有出现咳嗽和打喷嚏症状的人，才需要戴口罩。这不是为了防止别人传染你，而是为了防止你传染给别人。2月底，我还参加了学院举办的一场新冠肺炎的讲座，当时一位流行病学的教授说，美国已经没有时间可以浪费了。

当疫情在西雅图蔓延开来的时候，我心理上已经很有准备了，我的中国朋友们也是。我没有因为疫情而感到不安或焦虑，毕竟已经被国内各类信息狂轰滥炸了一个多月。我早早就买了米和面，备了足够一周的蔬菜和肉。大家还会在微信群里互相问有什么需要的，可以互相匀一匀。

随着确诊人数激增的，是越来越晚的亚马逊生鲜送货时间。西雅图是很多科技公司的总部和分部所在地，程序员很多，他们都在家里工作。很多人不再去超市，而是选择线上购物。因为订单和运送量太大，亚马逊送货时间越来越晚，还发布了招聘十万人的消息。

因为老年人不会网购，也是易感人群，超市就给他们专门开了 senior hour（老年人时间）。我家附近的一家连锁超市给会员发了邮件，把早晨七点到八点定为 senior hour，让60岁以上老人优先购物，其他人八点后再来。

我上周还去了趟超市，食物货架上还是满满的，被一抢而空的是卫生纸。感觉不管在哪个社会，恐慌总是让人们疯狂抢购些什么，似乎抢购和囤积才能安抚大家对前途未卜的焦虑和不安。不仅是卫生纸，连厨房用纸也都快被抢完了。卫生纸如此抢手，我一个在英国求学的同学干脆把它们称为"硬通货"。昨天打扫房间时，我还在角落里发现了一卷还剩一半的卫生纸，其惊喜程度不亚于在半年没穿的大衣口袋里搜出一百块钱！

我冰箱里囤的食物。

在家里意外发现的卫生纸，让我高兴了好一阵。

我的美国朋友们正在经历心理上的巨大冲击,就像中国人在1月和2月时的感受一样。一个朋友原本婚礼定在8月,因为疫情不得不推迟婚礼,但要推迟到什么时候,还是个未知数。期末前,她和未婚夫就回到了加州的一个小城里,那里现在还没有确诊病例。前几天我们在网上聊天时,她跟我抱怨,她的一些家人到现在还没有把病毒当回事,这让她很无奈。这让我想起了过年时,我劝我爸妈和亲戚们不要参加家庭聚会时的样子。真是同一个世界,同一种家人。

还有一个朋友的奶奶住在养老院里。为了防止可能的病毒传染,家人不能去养老院看望她了,只能通过视频跟她聊天。她很不高兴,但也没有办法。

疫情让很多人的生活天翻地覆。很多美国学生都背负着沉重的学生贷款,他们都会靠兼职来支付学费和生活费。我的一个朋友就是如此,她三十多岁重回校园,原先在学校的学生社区前台工作,靠这份工资过活,但校园关闭,她也就没有工作了。她正在等着退税,希望那笔钱能够帮她支付账单,度过这段难熬的日子。逐渐累积的账单和社交媒体上过量的信息向她袭来,负面情绪让她觉得快要崩溃了。她告诉我,如果要联系她,就通过电话,因为她决定暂时远离社交媒体,脸书和推特都暂停使用了。

一位做助教的好友告诉我,这次疫情让她第一次感受到真实的美国。在我和她粗浅的印象中,很难想象一个现代美国人没有网络和电脑。但当学校宣布春季学期改成网络远程上课后,她收到了两三个学生的邮件,有人说自己没有电脑也没有网络,无法使用"虚拟会议"上课;也有人因为疫情丢了工作,暂时交不上学费,不得不离开课堂。

被停职的医生

春天本该是西雅图最美最热闹的时候。往年樱花盛开,很多人会聚在樱花下野餐。如今却只有花兀自开得热闹,城市却变得空空荡荡。前几天我在网上看到了几张照片,拍的是西雅图著名景点派克市场。两年前刚到西雅图时,我去那儿玩了一圈,游人如织,全世界第一家星巴克前排着长长的队,每家饭店里都挤满了食客。但如今,店铺大多关门了,街道荒凉,像个鬼城。

西雅图如今并不算是美国疫情最严重的地方了,这得归功于一群医生。据《纽约时报》的报道,早在1月,西雅图出现全美第一例感染病例时,医生海伦·朱(Helen·Chu)就已经意识到病毒可能已经开始在美国蔓延了。她和她的团队是做流感类传染病研究的。

我家附近还有人出来遛狗,带孩子玩。

他们试图寻求联邦政府和州政府的帮助，希望对新型肺炎进行检测，但均遭到拒绝。直到2月25日，朱医生和她的团队决定绕开官僚机构，自行对类似症状的患者进行检测。很快，他们发现了一例。那是一名从未去过中国的青少年。当地医疗人员赶到时，那个孩子刚刚迈入教学楼。随后，他被带回家，整个学校关闭。

华盛顿州成了全美第一个暴发点。或许这是塞翁失马，本土第一例感染病例和柯克兰的养老院的集中暴发，让当地政府不得不立刻采取措施。查出有感染病例的学校、公司和机构都会立刻消毒，暂时关闭。华盛顿州州长杰伊·英斯利很快宣布social distancing（扩大社交距离），华盛顿州也很快通过了专门的资金，用于抗击疫情。州长和市长也会时常召开新闻发布会，向全州居民汇报最新的疫情动态和信息。

在3月13日特朗普宣布美国进入全国紧急状态之前，早在2月29日，华州州长就宣布全州进入紧急状态。3月23日，州长又发布了"stay at home order"（呆在家里），全州的居民除了必须的外出活动，比如购物、去医院等，必须要待在家里。在室外时，人与人之间要保持六英尺的距离。上周，我在网上超市买的食物到了，当运送小哥抵达时，我正好去开门。当把一整盒饮料送到我手上时，他跟我说了声抱歉："对不起，我应该离你六英尺。"

美国并不完全依赖政府才能运转下去，当政府能力不足的时候，社会力量会立刻行动起来，填补空白。比如在疫情初期，华盛顿州面临非常严重的测试能力短缺问题，华盛顿大学医学院的研究人员很快就找到了一个新的测试方法。他们还把停车场改造成测试点，让人们可以在自己的车里就接受检测。3月23日，亚马逊也宣布提供物流和医疗支持，开通上门送取测试盒的服务，有症状的病人可以在家里接受检测。

疫情和政府的政策让小餐厅遭受了巨大的损失。根据行业统计，全美大约有75%的餐厅受疫情影响暂停营业，而这将在未来三个月内造成2250亿美元的损失，可能会有500万到700万人因此失业。除了政府提供贷款外，媒体和外卖企业也在呼吁人们帮助小餐馆度过难关。美国外卖企业Uber Eats取消了运送费，鼓励人们通过订外卖帮助小餐馆继续营业。媒体也建议大家购买代金券或礼物卡，给小餐馆提供足够运转的现金流。

医生和护士正在前线努力工作，而被他们奋力保护的社会，也在试图给他们回馈帮助。前段时间，一群医疗工作者在社交网络上上传照片，举着牌子，上面写着"我们为了你们坚守岗位，你们为了我们呆在家里"（we stay at work for you, you stay at home for us）。学校也给学生们发了邮件，询问是否可以帮助学校医学院的医生护士们照顾孩子，邮件里还附了电子表，列上了明确的要求，比如志愿者需要有相关培训或工作经验。

在西雅图，也曾有医生因为反映医院现状而被开除，但很快，行业协会就为他提供了支持和帮助。一位名为Ming Lin的急诊科医生认为医院对于医疗工作者的保护不够，在公开批评医院后，他被停职了。随后，美国急诊医学会（the American Association of Emergency Medicine）和华盛顿州医护协会（the Washington State Nurses Association）都对医院的停职决定进行了公开批判，明确表示支持Ming Lin，它们还向州劳动部门和医疗部门申请，要求对此事进行彻查。

"种族歧视才是病毒"

这场灾难就像是上帝给这个极速前进的人类社会突然按下了暂停键。一次急刹车，把每个社会机器里不和谐的零件全部撞了出来。

早在 2 月，当病毒的触角才刚刚伸向美国时，先于肺炎出现的，是种族歧视。因为这个病毒当时在中国暴发，有些人就会把疾病和中国人联系在一起。就在前段时间，美国总统特朗普召开新闻发布会时，还将新冠病毒称为"中国病毒"。3 月 25 日，特朗普又改了口，说如果这对华人群体有冒犯，他就不再使用"中国病毒"这个词。但问题是，他自己并没有觉得使用这个词有什么问题。

恐慌和歧视开始在社会的角落里和人们的脑袋里冒出头来。2 月 10 日《西雅图时报》也记下了一个针对亚裔的歧视细节：一个亚裔美国人家庭在伊瑟阔的 Costco 超市被拒绝服务。超市员工当时很紧张，还问他们是不是来自中国，并要求他们走远点儿，只是因为他们长着东方面孔，还戴着口罩。

我一位住在纽约的朋友几周前便在地铁站遇上了歧视。她当时戴着口罩，一个人跟在她身后对着她大吼，"是你们把病毒带到美国来的！把它们带回中国去！"她说自己当时非常害怕，不敢回头看，也不敢跑。

当然，也有很多人在呼吁制止这种对亚裔的不公平。西雅图公共卫生官员杰夫·达钦就曾在一次公开场合上说："最先沦陷的不该是我们的理性，和我们对于另一个族群的态度。我们不能让西雅图在还没有疾病暴发前，先来一场恐慌的暴发。"而我所在的西雅图金县，还印发了反歧视的海报，上面写着"病毒不会歧视，我们也不会"。

我的一位美国朋友也在自己的社交账号上发了一张照片，那是贴在他们宿舍门口的一块白板，上面用繁体中文和英文写着"病毒可没有国籍。种族歧视才是最危险的病毒。对泛滥的种族歧视说不！"

虽然我本人暂时还没有遇到类似状况，但这次疫情和在社交网络上泛滥的种族歧视让我开始反思自己：己所不欲，勿施于人。既然我作为华人群体中的一员，对类似的冒犯言语感到愤怒，我是不是曾经有意或无意地对其他群体做过同样的事呢？比如把黑人群体和犯罪联系在一起；女人和拜金主义；武汉人和病毒。人们大可对冒犯的言辞轻描淡写，只说是无心之过，但对他人的伤害却是实实在在的。

环球同此凉热

环球同此凉热，虽然现在不算是太平世界。

特朗普坚信边境管控非常有力地控制了病毒传入美国，他甚至在新闻发布会上多次提到边境管控的作用。但实际情况是，这个病毒早在2月份就在美国土地上扎上了根，并且在人们和政府毫无察觉的情况下扩散出去，到今天，全美超过20万人感染新冠病毒。

即便包括美国在内的很多国家在中国暴发疫情时采取了边境管控的措施，但并没有完全阻拦住病毒的传播。很多人乐观地相信物理和政治意义上的边境可以阻止病毒的侵入，然而病毒没有边境、国籍和政治立场的概念。它是自然的产物，并不以人类的意志为转移。

但人类十分擅长把病毒和疾病发展出超出生物学上的意义。2020年正值美国大选，在疫情暴发前，占据媒体头条的还是民主党主导的国会对特朗普的弹劾案，和逐渐白热化的党内总统候选人竞争。蔓延的疫情让华盛顿州叫停了大型政治集会，州政府甚至还在3月4日发布了一个警告令，警告全州选民在封上投票寄还信封时，别舔！改用胶水封上。

疫情并没有阻止两党之间的斗争。3月23日，特朗普政府的两万亿联邦贷款计划在国会遭到了阻力，当天的《华盛顿邮报》用"党派对峙"（partisan rancor and posturing）来形容这长达一天的斗争。虽然最终两万亿贷款计划成功通过，但明争暗斗还在继续，并且以病毒和疾病的名义。3月26日开始，特朗普（共和党）与华州州长英斯利（民主党）就多次交锋。英斯利希望联邦政府提供更多帮助，但特朗普坚持联邦政府只是后援力量。到了3月29日，特朗普公开表示他不喜欢英斯利，称英斯利是个"失败的总统候选人"和"一个讨厌的人"。

然而作为"后援力量"的联邦政府，却给地方各州抗击疫情造成了麻烦。特朗普鼓励各州自己解决医疗物资短缺问题，而不是依赖联邦政府的支持，但联邦政府却挤掉了地方的订单。政治让人厌烦，至少对我那位丢掉工作的朋友来说。在我们最近一次交谈中，她说："我不明白为什么政府要这么做，他们挤占了地方各州的订单，但

3月31日的华盛顿大学校园，樱花盛开。

不愿分给地方，你敢相信吗？"

只要这病毒还在摧毁着人类的身体和健康，全球经济的走向就会愈发暗淡。自从 3 月 13 日美国宣布紧急状态后，美国股市就像是坐了过山车一样，时而节节攀升，时而急速下降。受到美国股市的影响，全球股市都在震荡之中。

我的朋友圈里，一些人哀嚎损失惨重，另一些人则摩拳擦掌，准备抄底。我在国内买了一支基金，每天早晨起床时，我都会打开手机看看涨跌。最近因为美股暴跌，我的基金也跟着跌了。每次看到那道下降的曲线时，作为一个无足轻重的散户投资者，我都衷心祝愿疫情立刻平息，世界恢复如常。

可现在一切都是未知数，更可怕的是，这未知还不知道要持续多久。

西雅图的樱花已经盛开了，花期只有一个月，但今年的樱花注定只能孤芳自赏了。

中国留学生归国记

@英国、美国、法国

> 口述、图片：小何、小高、小杨（留学生）
> 执笔：易琬玉、狄与菲、曹颖
> 记录时间：2020年4月11日

全球疫情大暴发，一大批海外的留学生们紧急回国。以下三位来自英美法三国的留学生，记录下了他们的回家之路。

小高：从美国波士顿回中国

疫情在麻省的暴发，或许要从一个普通的星期三说起。

当地时间2月26日早晨七点，跨国公司Biogen的高管们齐聚波士顿，握手相拥、共进早餐，讨论这家生物科技公司的未来。在面包、甜点、热食、咖啡混合的食物香气里，没有人嗅到新冠病毒蓄势待发的危险气息。

在马萨诸塞州，这样的会议稀松平常。然而，2月29日Biogen高管出现首例感染，截至3月10日，员工感染人数达到70人。Biogen疫情暴发后，波士顿的疫情严重程度一度升到全美第三，尽管街头依旧没人戴口罩，但人们在公共场合使用免洗消毒液的频率明显多了起来。

由于工作原因，原本去年9月就应该入学哈佛的小高选择了在波士顿gap工作。相对于那些必须在四天之内搬离哈佛宿舍的本科生们，小高有更多的选择余地。

决定回国后，3月17日小高买好了机票——先乘飞机到华盛顿，然后到德国法兰克福机场中转12小时，再到北京——这是一条中转时间最短的路线。

距波士顿约5500公里外的法国巴黎，总统马克龙宣布从17日起开始全法"封城"。尽管十天前，他还和夫人一起去到巴黎的安托万剧院看话剧，鼓励大家在疫情下保持正常生活。

3月20日，小高收拾好行李，准备下午两点出发前往机场。预计途中基本不能进食，小高特意在临行前吃了一顿丰盛的午餐——两个菜加红烧肉配米饭。

坐上Uber，在波士顿一直没戴过口罩的小高戴上了口罩。

因美国发布入境限制令，很多欧洲人急着离开美国。在华盛顿飞往法兰克福的飞机上，满满当当地坐了很多欧洲人，但戴口罩者不到一半，且大家饮食如常。

飞机飞过大西洋，落地的时候正好是当地早上七八点，小高第一次看见空空如也的法兰克福机场。

小何：从英国伦敦回中国

当地时间 3 月 12 日，英国首相鲍里斯宣布实施群体免疫的政策，小何眼睁睁看着回中国的机票一下从八千元涨到一万多，仅一天后，直达中国的飞机票全部被抢空。恐慌之下，他赶紧买了一张 3 月 22 日从伦敦直飞广州的机票。

小何在英国学习纯艺术和艺术史。同一工作室的朋友都离开了，墙上未完成的画被匆忙撕下，时间仿佛和未归位的座椅一同静止着，和色块一起凝固在边角卷起的画纸上。

而在大西洋对岸的美国，当地时间 3 月 10 日，哈佛大学校长宣布，自 3 月 23 日起全部课程转成线上授课。随后又更新消息，通知本科生在 3 月 15 日下午五点之前搬离校园，并把所有东西打包带走。当天，马萨诸塞州 92 例感染，全美感染人数破千。

而最早买好机票的小何却没有在 3 月 22 日如期离开英国，她的航班被推迟到 3 月 29 日之后再次被取消，没有任何原因。小何给很多国家的航空公司都打了一遍电话，但是都不符合购买条件，唯一符合需求的，是转机埃塞俄比亚的航线，但她不敢买。

当时，小何学校的学联也在积极组织回国的包机。小何加了四五个包机群，经济舱的价格大概是 1.5 万元左右人民币。所有的流程、律师协议都安排好了，钱也支付了，但因一些细节问题，最终没能成行。实在没办法，她选择了伦敦—亚的斯亚贝巴 (埃塞俄比亚首都)—北京的航线，当时单程机票大概是 9900 元人民币。

3 月 19 日下午两点，小何戴着护目镜和浴帽，穿了一件带帽子的卫衣，出发了。"我手上戴了两层手套，鞋上套了鞋套，还随身

英国伦敦希思罗机场。

还戴了 100 毫升喷行李用的酒精，以及消毒湿巾之类的防护用品。"

希思罗机场可谓是目前全伦敦范围内戴口罩人数最密集的地方，不仅亚洲旅客在戴口罩，欧洲旅客、非洲旅客也都戴着口罩。有的人甚至戴着早已脱销的 N95 口罩，防护服裹得密不透风，看不出是哪个国家的人。机场的工作人员也完全做好了防护措施。

因为前后几排乘客都是防护严密的中国人，也没有出现任何异样，小何感觉挺安全，便昏昏沉沉地睡着了。一路上她只醒了两次：一次是热醒的，因为防护太严实了；一次是在飞机降落前，可能有旅客在食用飞机餐，浓郁的鱼腥味让她醒了过来。

快要落地的时候，小何第一次看到非洲大陆的日出。因为航班服务很周到，小何心情很愉快。

中转候机时，机场大厅的 Wi-Fi 不太稳定，网络时断时续。插座与欧洲的插头又不通用，小何只能用充电宝凑合，尽量少用手机。找了一个大厅通风的地方，脱了厚重的冬季外套，掏出从家里带来的三块巧克力充饥。

接下来的时间里，小何躺在机场大厅的椅子上看外面的云，数了数飞机数量，观察工作人员卸行李、装行李、拉小车。到了晚上，大厅里的人突然多了起来，各个国家的乘客都有，可能是白天出机场休息的人都回来准备登机了。在登机口，每个人都被测了两次体温。

因小何填报了自己头痛的症状，又因他来自英国，到达首都机场时他的证件被盖上了"重点检测旅客"的红色章，并被安排到了另一支队伍里排队做核酸检测。同队伍里，有人说自己干呕是因为喝了过期牛奶；也有人说因为担心途中被病毒感染，出发前吃了点预防药，但不是退烧药。但海关防疫人员非常严格，只要有任何症状或者吃过药就必须排队等候检查。

截至3月22日凌晨零点，小何已排了五个多小时的队。检测人员让他填了一张更细致的表，出示去年英国的入境章，并且询问她"头疼""腹泻"的原因。当她解释可能是生理期刚过的原因，防疫人员才松了一口气。

小何签字后，又去做了核酸检测。医生用一个医用棉签在她的舌根处擦拭了两下，然后放入试剂瓶里，如果检验结果呈阳性会有人第一时间联系她。

当日下午，小何终于入住老家合肥的隔离酒店。"这里房费不贵，饭菜可口，可以点外卖，父母也可以来送饭，我感到既踏实又幸福。"

小杨：从法国巴黎回中国

法国留学生小杨在巴黎生活了五年。毕业实习后，受疫情影响，小杨在巴黎找工作遇到了困难。母亲担心他的安危，费尽心思地为他抢到了回国的机票。

法国"封城"之前,巴黎地铁上的艺人在拉小提琴。

当地时间 3 月 18 日,法国"封城"的第二天,小杨抱着一去不回的心态离开了巴黎。五年的行李分装在一个大号旅行箱、一个背包和一个挎包内。

那天是个阴天,街上除了快递配送人员几乎没什么人。在去往戴高乐机场的路上,以往拥堵的道路畅通无阻。

回国的大多数航班都需要在第三方中转,一起中转等候的乘客们基本都是中国面孔。

登机时,大家全副武装排队量体温,体温偏高的乘客会被拒绝登机。面对飞机餐,大家不再像往常一样享受,而是能不吃则不吃。在飞机上,乘客们基本会被测量两三次体温。出现不良症状的乘客会先下飞机，之后，其他乘客分批依次量体温、填表、过关。

出入境申明卡上列了至少 21 种相关症状。小杨有咽喉炎，到了首都机场后，他如实汇报了喉咙疼痛的情况，并自愿去做核酸检测。

和小杨一样等待检测的乘客大概有 200 人。在玻璃围起来的临时隔离点内，大家基本相邻而坐，期间不允许吃饭喝水。在机场等了 24 个小时，早上八点，小杨和其他四名乘客围坐在面包车内，一起被送往小汤山医院进行进一步检查。

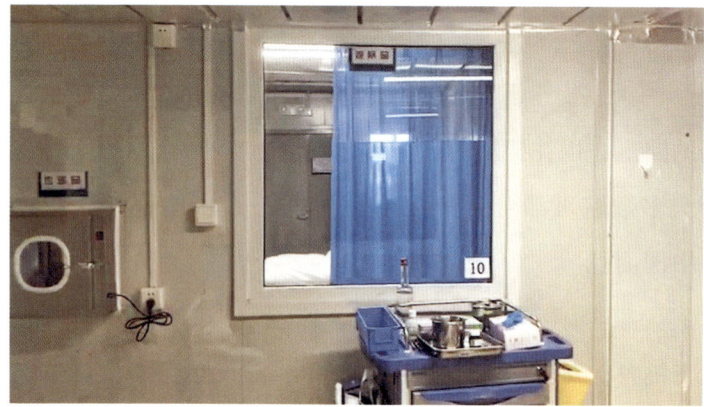

当时的小汤山医院。

圆桌上放着写有各省市名称的牌子。乡音四起,桌子旁坐着的都是核酸检测结果呈阴性的老乡。

小汤山医院比想象中好得多,消毒措施和隔离措施都让小杨很安心。在隔离病房里,小杨摘下了口罩,等到阴性检测结果后,他一路悬着的心也终于放了下来。

在小汤山医院住了一天,次日早上十点小杨被送到北京国际会展中心。一个大宴会厅里有很多张圆桌,圆桌上放着写有各省市名称的牌子。乡音四起,桌子旁坐着的都是核酸检测结果呈阴性的老乡。

3月22日,小杨买好了下午两点多从北京飞成都的机票。由四川省驻京办负责人确认后,他被允许回家,和他同一桌的人一起被送到了机场。

在离家半小时路程的隔离酒店里,他开始了14天的隔离生活,期间还线上面试了新工作。

经历了曲折的回国之路与14天的隔离,小杨终于离开酒店,回到了久违的家。在成都街头,熟悉的环境让他感到安心。

后　记

记住我们这个时代的普通人

2020年年初，在举国欢庆新的十年到来之时，新冠病毒悄然而至，但人们却毫无防备。

1月23日，武汉"封城"。此时，城内有900万人。到27日，湖北所有地市除神农架外全部"封城"。病毒来势汹汹，武汉医院爆满，医护群体出现感染，病患一床难求，全国各地医疗队相继驰援。

"文明与病毒只隔了一个航班的距离"，日本、韩国、伊朗、意大利、英国、德国、美国也都暴发了新冠疫情……连北极圈的格陵兰岛也未能幸免。2020年3月12日，世界贸易组织宣布：新冠病毒已"全球大流行"。截至2020年年底，全球累计确诊超过8000万人，其中170万人死亡。

航班停飞，城市被封，学校放假，商场关门……地球按下暂停键。很多人的生命停留在2020年，人们感到悲伤和恐惧。但面对未知而强大的病毒，人类依然要想尽办法战胜它，一如从前面对鼠疫、霍乱和天花。

这时，普通人不得不站起来。无论他是患者还是患者家属，是科学家、医生、护士，还是大学生、司机、社区工作者，没有谁想成为英雄，他们都是暗夜里的微光。这些个体的人的经历，最终汇成历史的大江大海。

合上这本书，2020年的诸多往事浮上心头。难忘那个不同寻常的春节，编辑部的同事们不舍昼夜，时刻关注一线疫情；职业责任感驱使我们去记录、去书写，新闻理想从未离我们远去。这本书节选的仅是我们疫情系列报道的一部分，还有更多深度内容欢迎读者朋友登录凤凰网或关注"在人间living"公众号。

感谢这本书的每一位作者。

感谢凤凰网CEO刘爽、高级副总裁刘春、总编辑邹明、新闻总监吴曙良在百忙之中为本书作序、作推荐。

感谢我的老师，人大新闻学院副教授任悦从专业角度所作的推荐序。

感谢每一位为本书写推荐语的师友：《中国青年报》原

深度调查部主任刘万永、资深调查记者叶铁桥，他们是我进入新闻业的领路人；南京大学新闻学院教授周海燕，自疫情之初她便对"在人间"的疫情系列纪实报道给予了极大的关注；资深非虚构作家、《冰点周刊》原副主编包丽敏，她的鼓励无疑是对我们莫大的肯定。

感谢周娜、曾昭明、曹颖、陈佳妮、赵国瑞、张茜等同仁以及实习生邹文昌在过去一年里的努力与支持，感谢焦旸、朱瑞、郝文辉、冯中豪等上一届"在人间"的编辑和摄影师们。没有你们，就不会有"在人间"的今天。

2020年，是注定走进历史的一年。希望这本纪实作品能为历史留下一份小小的记录和见证，希望后来人能在此找寻到一点儿人类共同的记忆。

凤凰网在人间工作室主编

马俊岩

2020年12月